TAI WO ESTATE 02

孤泣作品

獻給長大後的映雪與映霜。

CONTENTS

序章 ||

童話故事。

《小紅帽》、《灰姑娘》、《醜小鴨》、《三隻小豬》、《龜兔賽跑》等等，我們每個人的童年，都聽過很多很多童話故事。

有趣的是，小時候的我們，從來也沒有死記每一個故事情節，不過，每個故事都會深深印在腦海之中。

想忘記也忘記不了。

或者，這就是童話故事的魅力。

而我跟家姐的童話故事，都是爸爸跟我們說的，比如飛天斑馬、獨角獸、漂亮的公主、勇敢的戰士，還有不同種類的怪物，我小時候最喜歡爸爸跟我講故事。

如果你問我，真的相信這些故事嗎？

就如我問你，你相信有神嗎？

我相信，因為爸爸從來也不會說謊。

我相信爸爸。

而我最愛的童話故事，不是《美女與野獸》，也不是《愛麗絲夢遊仙境》，而是……

太和邨歷險記。

十八年前，當年我跟孖生的姐姐只有四歲，這是我們親身經歷的故事。

故事中，出現了很多怪物，我跟家姐，還有魔法師、治療師、藥劑師、劍士、弓箭手、刺客、學者、槍兵、小丑、音樂家、斧頭戰士，在那片怪物大陸中一起冒險。

我是一位藥劑師，我的糖果很有用，補血、加攻擊力、加防禦力、加魔法，還有……復活。

而家姐是一位治療師，我們一起治療大家的傷勢，還有所有人的……**心靈**。

不過，家姐還有一個職業。

她拿著一把摺合袋中刀保護我，她是我的保鑣。

我記得那次，她用刀插入了怪物的身體，血水濺到我們的臉上，只有四歲的她為了保護我，跟怪物戰鬥。

當然，我有給她吃加攻擊力和加速度的水果糖。

我知道除了爸爸媽媽，家姐是最疼我的人。

小時候，家姐總是比我聰明，我就像傻大姐一樣，家姐喜歡什麼，我就會喜歡什麼。其實，我才不介意有一個比自己聰明的家姐，因為這樣我才可以撒嬌、賭氣。

就算家姐只是早我不夠一分鐘出世，怎說我也是妹妹，我是萬千寵愛在一身。

我是最得人疼愛的妹妹。

遺憾是，最後我們的等級只能到達98級，沒法升到99級，所以，我們暫時沒法跟在天堂的媽媽見面。

不過我知道總有一天，我跟家姐可以升上99級，到時我們就可以跟媽媽細訴成長故事。

媽媽，我很想妳呢。

對我來說，媽媽的樣子的確是有一點模糊，畢竟我當年就只有四歲，不過在我的感覺之中，她的笑容很美、她的樣子很漂亮。

我是知道的。

儘管，她離開時，我只有四歲。

為什麼我記得那感覺？

是我的記憶力好？還是有什麼原因？

都說過了，只因……

小時候的我們，從來也沒有死記每一個故事，不過，每個故事都會深深印在腦海之中。

每一個故事角色，也印在記憶最深之處。

想忘記也忘記不了。

或者，這就是童話故事的魅力。

這就是……太和邨歷險記的魅力。

……

‥

．

孤泣生存懸疑冒險故事，繼續帶你進入一個黑暗、人性、血腥、恐怖、被困、逃出，充滿不明生物的……「童話故事」世界。

CHAPTER 07 姊妹

SISTERS

CHAPTER 07 01 姊妹 SISTERS

一個月後，封鎖太和邨第三十五日。

天氣明顯轉冷，香港已經有多久沒有這麼冷的冬天？

我們都換上了禦寒的衣物。

康樂中學的小食部成為我們這一個月來的基地，本來我們有想過回去麗和樓，不過，因為尋找食物要下樓，非常不方便，所以決定暫時住在這裡。

我們已經把張婆婆接了過來，怎說我們都不放心留下一個老人家，所以決定把她帶來康樂中學，當然，我家的小白也帶來了。

這兩星期，我們不只留在小食部，就像玩《艾爾登法環》一樣，我們在一個開放式地圖四處搜索物資和武器，有遇過其他沒有變成怪體的居民，不過，我們沒有打算叫他們一起生活。

因為我們不知道他們的來歷，而且「人性」有時比怪體更可怕。

不過可以肯定的一件事，怪體的數目是人類的數百倍，我相信九成太和邨的居民不是變異成怪體，就是死在邨內，只有一成左右的人僥倖生存。

或者，這只是我們樂觀的想法。

能夠生存下來的人只有兩種，一種像我們一樣互相合作的人，而另一種就是不擇手段地適應這惡劣環境的人。

至於這個多月來，我們跟外面的世界完全隔絕，沒有任何物資，也沒有人能夠走出電網牆。

我在一個月前的想法應該沒有錯，我們已經早早被……**放棄了**。

讓我們沒法跟外界聯絡，讓我們自生自滅，停止所有的網絡與通訊，卻沒有停止供電，是什麼原因？

我們只想到一個假設。

「天眼」。

我們已經確定過，太和邨內有不少監控鏡頭，甚至是私人用的CAM，它們依然在運作，很明顯，外面有人一直在監控太和邨內的情況。

要這些天眼運作，就不能停止供電，已經非常肯定，我們根本就是一群……「白老鼠」。

我還想到一個很重要的問題。

就當是外界要犧牲我們這群人吧，他們會在哪個時間才肯「完結」？真的要我們全部人死光才可以？

兩星期前，我好像找到了問題的答案。

我們走上了麗和樓三十五樓的天台，看看外面的世界究竟發生了什麼事。

在我們能看到的範圍內……

一**個人也沒有**。

大埔墟、錦山、大中、大埔頭等等，完全沒發現任何一個「人」。

整個大埔就像變成了死城一樣。

他們已經把整個大埔的居民撤離？還是除了太和邨以外的地方都已經淪陷？

問題是，我們沒有在其他地方發現怪體，如果是已經淪陷，不可能沒有怪體。

而且如果整個大埔也像太和邨一樣，他們根本就不用困著這裡的居民。

太奇怪了。

有無數個問題出現，蒙在鼓裡的我們根本就沒可能找出答案，而且也沒有人告訴我們究竟發生了什麼事。

不過，怎樣也好，現在最重要是……生存下來。

只要生存著，總有一天會找到「答案」。

總有一天能走出太和邨。

……

…

.

太和邨街市。

太和街市
TAI WO MAR

我、山明，還有愛玲來到街市，因為小食部的食物總有吃完的一天，我們希望可以找到更多食物。

山明先上前打探，然後做了一個手勢。

「前面。」

我們已經擁有一套屬於我們的身體語言，不會發出聲音同時明白大家表達的意思。

「噠……噠……噠……」「噠……噠……噠……」「噠……噠……噠……」

在魚檔前方，有數隻怪體在徘徊著！

CHAPTER 07 02 SISTERS

「繞到後面。」愛玲做手勢。

我跟山明點頭。

經過一個月，我們這個團隊已經變得非常有默契，同時，也是我們可以生存下來的關鍵。

我們從左面繞到怪體的後方，沒有被牠們發現。

來街市的目標是其中一間雜貨鋪，我記得那間雜貨鋪售賣很多不同的罐頭，這正是我們需要的食物。

很快，我們已經來到了雜貨鋪，可惜內裡一片混亂，很明顯有人比我們更早來了這裡。

我們搜索一片過後，只發現已經腐爛的食物，根本不能吃。

「沒辦法了，這次尋找食物計劃落空。」山明有點失望，坐到地上。

「別要洩氣，我們再想想其他有食物的地方。」愛玲說。

「我曾經做過的便利店，還有太和廣場的超市也找過了。」山明苦笑：「嘿，香口膠也沒有一排。」

「不，還有一個地方。」我看著剛才怪體的方向。

「還有地方有食物？」山明問：「哪裡？」

「就在街市內！」

我指著街市遠處其中一間店鋪。

愛玲知道我所指的店：「毛毛寵物店！」

「沒錯！」我高興地說：「我經常在那間寵物店買罐頭給小白吃！」

人類的罐頭應該都被偷走了，不過，還有貓貓狗狗的罐頭！

「貓的罐頭可以吃嗎？」山明沒有養過貓。

「當然，有些還很好吃！」我笑說：「我經常會試味！」

「還等什麼？」愛玲已經緊握著弓箭。

我們靜靜地彎下腰向著寵物店前進，經過一個路口，那幾隻怪體就在我們面前。

我做了一個安靜的手勢，然後慢慢地一步一步從那些怪體身邊走過。

愛玲側身走過，跟其中一隻怪體四目交投，怪體的外表非常噁心，而且發出濃烈的血腥味，不過愛玲一點都不畏懼，從牠的身邊經過。

我們來到了寵物店，貨架上放滿了貓貓狗狗的罐頭，在我眼中是最美味的食物。

「我們盡拿吧。」我輕聲說。

他們點頭。

我想起如果小白知道我們帶這麼多罐頭回去，一定會很高興。

「小白最愛吃這……」

我正想跟他們說時，我見到愛玲旁邊的罐頭快要掉在地上！

山明也發現，立即飛身把掉下來的罐頭接住！

我回頭看著舖頭外的怪體，牠們沒有發現我們，我鬆了一口氣。

「還好沒掉下來，不然……」山明正想讚讚自己。

「好像有聲音！」愛玲看著店內。

「噠……噠……噠……」

寵物店內閃出反光，是……眼鏡的反光！

不只是外面有怪體，原來寵物店內還有一隻！長長的頭上還掛著一副眼鏡，牠從側面……撲向愛玲！

「小心！」

我把愛玲推開，怪體的攻擊落空！

同一時間，店外的怪體被我們的聲音吸引，快速衝向店內！

沒路可逃了！我們只能跟牠們硬碰！

我拔出了武士刀，劈向怪體！

……

……

·

康樂中學。

兩姊妹正在校園範圍的花園遊玩。

「家姐，我送妳一朵花，嘻嘻！」映霜把白花遞給映雪。

「謝謝！」映雪把花插在耳背上：「我也送妳一朵！」

在這可怕的環境，只有她們兩姊妹可以這麼悠閒地嬉戲。

突然，在木板圍欄的後方，傳來了一把女人的聲音。

「兩位妹妹。」

映雪映霜對望了一眼。

「妳是誰？」映雪問。

在木板的罅隙中，一雙眼睛正看著她們。

「我是護士姨姨！」她說：「我們這裡有位病人，需要人幫手，妳們可以幫忙嗎？」

這個自稱「護士姨姨」的女人，就是那個打毒血針的……張開萍！

CHAPTER 07 03 SISTERS

姊妹

學校小食店。

朱自清正在改裝一個手臂短箭發射器，張婆婆在做著晚餐等待月側他們回來，而夏雨彤在摸著小白跟牠玩。

「小白，你喜歡這裡嗎？」夏雨彤問。

「喵～」小白伸了一個懶腰。

「看來除了兩姊妹，只有你一點都不怕。」雨彤說：「自清，有沒有見到兩姊妹？」

「好像去了花園那邊玩。」自清繼續專注於他的改裝。

「花園？」

雨彤看著花園的方向，沒有看到兩姊妹，同時……

「糟！」她大叫，小白也被她嚇到。

「發生什麼事？」自清問。

「映雪……映霜……不見了！」雨彤說。

「不見了？是什麼意思？」

他們一起看著花園的方向，本來欄在中間的木板開了一個大洞！

「不會吧？」自清緊張地說：「我們快去看看！」

他跟雨彤走到花園的位置，不只是木板開了個洞，在外包圍學校的鐵絲網也被人剪開了！

「會不會從鐵絲網逃了出去？」雨彤非常擔心。

「大……大件事，月側叫我們要好好看著兩姊妹……」自清臉色鐵青：「現在我們怎樣跟他交代？」

映雪與映霜……失蹤了。

……

……

.

同一時間，寵物店內。

怪體的尖爪抓向我，我快速閃開，用武士刀劈下牠的一隻手！

「月側！」愛玲大叫。

話一說完，一支箭已經在我胸前飛過！插入了另一隻怪體的頭顱！箭沒法把牠殺死，只能拖慢牠的攻擊速度！

另一邊，山明的桌球棍刀刺入了怪體的前額！

「不能久戰！會吸引更多！」我說。

一直以來，我們都避免跟怪體直接戰鬥，因為我們知道，戰鬥的聲音只會吸引更多的怪體！

我把手上的一個貓罐頭掉向寵物店內的玻璃，玻璃立即碎開！怪體被聲音吸引，衝向玻璃方向！

我們趁這個機會，立即逃出店外！

愛玲看著遠處地上已經裝滿貓罐頭的袋，沒時間回去拿了，只好遺留在店內！

怪體都被玻璃聲吸引，我跟山明立即落下寵物店的鐵閘！怪體聽到聲音再次走到我們的面前！

不過，牠們已經被鐵閘欄著，只能從鐵閘的空隙伸手出來捉我們。

「沒有了⋯⋯我的袋⋯⋯」愛玲有點失望。

「放心，我有拿到！」我拍拍自己的袋笑說：「看來我們跟小白都可以飽餐一頓了！」

「別說了，會有更多的怪體過來，我們快走吧！」山明對著店內的怪體豎起中指。

正當我們想離開之時，一條樹藤快速飛向我們！我一刀把樹藤劈下！

「什麼東西？！」

我們一起看著地上的樹藤，不，這不是樹藤，是一條腐爛了的肉藤！

肉藤再次飛過來！我們立即躲到魚檔後方！

「噠……噠……噠……」

是怪體發出的聲音，我們立即閉上嘴巴，怪體聽不到聲音就會離開。

沒問題的，只要靜靜的不發出聲音，牠們根本不會知道我們的位置！

正當我們想走出魚檔之際，肉藤在我的眼前掠過！插進了地板！

我立即看著肉藤飛來的方向……

「怎會……」我驚嚇得說不出話來。

「月側！別說……」

一隻頭部橫生的怪體出現在我的眼前！牠的頭顱向橫生，是正常人四倍的闊度，跟長頭怪完全不同！那些肉藤是由牠的手指伸長而出！

牠在對著我……笑！

最讓我驚訝的，牠有一雙比正常人大一倍的眼睛！

「牠……可以看到我們……」我把頭縮回去：「別要出去！」

「什麼？怎可能？」愛玲不相信。

我在地上拾起一個空的紙包飲品拋上半空，不到半秒肉藤刺穿了那個紙包飲品！

他們也看到呆了。

「也許是……不同的『品種』！」我的汗水不斷流下。

我們從來沒遇過這種怪體！是變種？還是進化？

一定要想方法離開！

CHAPTER 07 04 SISTERS 姊妹

康樂中學對著的安和樓三樓。

這棟樓宇的設計很有趣，三樓設有不同的商舖，連貫著太和體育館與太和廣場，而且你在Google Map搜尋「太和邨」時，是不會找到「安和樓」這樓宇的名字。

更奇怪的是，三樓不只有商舖，在最角落位置，有一個藍色的路牌寫著「診所 Clinic」，有數間診所在這隱蔽的地方開業，不是太和邨居民，根本不知道這裡有診所。

晚上，雖然燈依然亮著，不過卻有一種陰森恐怖的感覺。

就因為地方隱蔽，假日有很多菲傭和印傭來到這裡鋪地攤休息，不過，現在已經只餘下染滿血跡的地布。

其中一間牙醫診所內。

「家姐，我們這樣走了出來真的好嗎？」映霜帶點害怕。

「護士姨姨說有病人需要我們幫助，爸爸不是說過要幫助有需要的人嗎？」映雪說。

「對！要幫助別人！」映霜好像想通了一樣：「完成任務後，我們又可以升等級！嘻！」

她們根本不知道，爸爸不在身邊，現在自己有多危險。

兩個小女孩在牙醫房外面等待著，不知那個變態的張開萍想她們做什麼。

大約過了五分鐘，牙醫房的門打開。

「快進來吧！」張開萍奸笑：「病人就在裡面，嘰嘰！」

兩姊妹走進了牙醫房，在牙醫床上躺著一個被五花大綁的小孩怪體！牠身體不能動彈卻在掙扎，頭顱非常長，嘴巴不斷開合想咬人一樣！

「牠需要妳們幫助！」張開萍說。

「但牠是怪物啊，不是人類！」映雪指著牠說。

「史萊姆也是怪物，不過也是伙伴！」映霜在家姐耳邊說。

映雪想了一想：「妹妹妳好像說得對！」

「妳們真乖！」張開萍把一支針遞給了她們：「現在妳們就幫牠打針。」

「我們不懂！」映雪說：「護士姨姨妳會教我們？」

「很簡單的！」

張開萍拿出另一支針，用力插入小孩怪體的手臂，然後把針筒內的血液注入牠的身體！

牠痛苦地大叫。

「會很痛嗎？」映霜害怕，躲在家姐的身後。

「會有一點點，不過痛才會好，嘰嘰！」張開萍奸笑：「來吧！打針吧！」

「家姐……」

「沒問題！」映雪對著小孩怪體說：「會有一點痛，不用怕。」

映雪一點都不怕，一針插入了牠的手臂，注入血液。

張開萍為什麼要她們這樣做？她不是想把怪體的血液打在兩姊妹的身上測試嗎？她的確想這樣做，不過，她將要玩更好玩的遊戲！

映雪把針拔出：「姨姨完成了！」

「家姐真乖！真乖！」張開萍拍拍手。

「妳要乖乖啊！」映雪拍拍怪體的手背：「快點好過來。」

張開萍再拿出另一支針：「好了，家姐妳已經成為優秀的護士，現在……妳要替妹妹打預防針！」

「為什麼要打針？我不打！」映霜非常害怕。

血針放到映雪手上：「為了妳妹妹好，一定要打預防針！」

然後，張開萍捉住了映霜！她要映雪幫她在映霜手臂上打血針！

張開萍要她們……自相殘殺！

「真的要打嗎？」映雪問。

「對，很有用的！別忘記，妳是一位好護士！」張開萍說。

「我不打針！不打針！」映霜在掙扎，可惜張開萍捉得很緊。

「妹妹，沒事的，打針對妳好！」映雪走向了她們。

「不要！我才不打針！」映霜哭著說。

「妳不能任性啊！」映雪用家姐的語氣說：「要乖，乖才可以升級！」

映霜聽到映雪的說話後，收起了哭聲。

「快打吧！快打吧！」張開萍高興地大叫。

她要看到妹妹變成怪體，然後妹妹咬食家姐的畫面！

CHAPTER 07 05 姊妹 SISTERS

太和街市。

一隻可以看到東西的怪體，我們要怎樣對付？

不，我們不是要對付牠，而是要逃走！

牠的肉藤繼續飛向我們，我感覺到牠好像在玩弄我們一樣！當我們是玩具！

「我有信心可以射中牠！」愛玲說。

「不行，一出去會被攻擊！」山明緊握武器：「那些肉藤太快了！」

「但我們躲在這裡也沒有用！只是在等死！」愛玲說：「我寧願搏一搏！」

「妳怎麼總是這樣的？」山明說：「不能衝動！」

「什麼衝動？」愛玲生氣地說：「難道你想到對付牠的更好方法嗎？」

我完全沒有聽到他們在吵架，腦海中不斷出現日央與兩姊妹的樣子。我不能死在這裡！

我還要保護她們，看著她們成長！

「月側！月側！」山明叫著我：「你呆了一樣幹嘛？」

我看著他們，我看著他們的……眼睛。

「我數三聲，我會起來射箭！」愛玲說：「你們趁機逃走吧！」

「不！不能犧牲妳！」山明大叫。

「為什麼？」愛玲問。

「因為我喜歡妳！」

山明說出了一直藏在心底的說話。

愛玲呆了一樣看著他。

山明在這個緊張的關頭……竟然表白了！

「你們聽我說！」我打斷了他們的對話：「我數三聲，你們把地上的垃圾向上掉！」

「為……為什麼要這樣做？」愛玲尷尬得不敢直視山明。

「相信我！相信你們的隊長！」我堅定地說。

山明用力地點頭，在地上拾起一個透明水樽。

然後，我……拿出了手機！

在這個生死關頭，我還要拍照嗎？

「準備……一……二……三！」

他們把垃圾掉上半空，肉藤就像有生命一樣，準確地刺穿了水樽！

同一時間……

我出伸手，用手機的相機向著那隻橫頭怪體拍照！

我瘋了嗎？在這情況還要拍照？

不！拍照才不是重點，重點就在手機上的……**閃、光、燈！**

一聲痛苦的慘叫出現！肉藤也停止了攻擊！

成功了！

「跟著我！快逃！」我站了起來，向著街市出口逃走。

他們兩個一起跟著我衝向出口！

我快速回頭看，橫頭怪體低下頭了，雙手放在臉上遮蓋著自己雙眼！

一對比我們人類大一倍的眼睛，一定對光非常敏感！

我的想法正確！牠怕強光！牠沒有跟上來了！

我們從喜和樓的出口逃走，沿途見到怪體，就只能把牠們斬殺！

只要我們能夠逃到躲避的地方，不發出聲音就可以逃過怪體的追殺！

我一刀劈下，奔向我的怪體頭顱被狠狠地斬斷！

映雪！映霜！妳們要等我回來！

……

…

·

牙醫診所內。

「快打吧！快打吧！」張開萍高興地大叫。

映雪手上的針已經貼近映霜手臂，針頭已準備好注射！

「升級」。

為什麼映霜聽到映雪說「升級」時，就收起了哭聲？

有人說，孖生的孩子都會有心靈感應，不過，她們兩姊妹的心靈感應卻有一點不同，

當她們想到「升級」兩個字，就會想起爸爸的說話。

咩吐基亞！

《潛龍諜影》（Metal Gear）遊戲！

隱藏、潛行，還有……逃走，她們就可以升級！

或者，就只有妹妹明白家姐的說話！

針頭刺進了手臂！

刺進了……張開萍的手臂上！

映雪根本就知道映霜最怕打針，而且她跟爸爸媽媽說過……要保護妹妹！

她才不會傷害自己的妹妹！

CHAPTER 07 06 SISTERS 姊妹

張開萍害人終害己！

她根本沒想到映雪會突然把針插入自己的手臂！她鬆開了手，映霜立即逃走！

「妹妹我們走！」

映雪拖著映霜的手，兩隻小手緊握在一起，逃出了牙醫診所！

此時的張開萍才驚醒：「妳兩個小賤人！別要走！」

她追了出去！

安和樓三樓的平台，幾隻怪體聽到聲音立即有反應！其中一隻撲向兩姊妹！

映雪映霜身形細小，幸好避開！

不過，其他的怪體狂追不捨！

她們就像一對落難的姊妹一樣，一面逃走，一面……微笑！

「家姐！我們現在是在玩捉人仔！」映霜笑說。

「對啊！回去跟爸爸說，我們一定又會升級！」映雪說。

這兩姊妹真有趣，怕打針，卻完全不怕怪體！因為一開始，月側早跟她們說這只是一場「遊戲」，她們不知道，遊戲失敗就會死！

她們逃到了太和體育館門前，然後躲在大石柱後方！

映雪做了一個安靜的手勢，映霜掩著自己的嘴巴！

長頭怪體在她們的身邊經過，沒有發現她們躲在石柱後。

「我們隱形了！」映雪做了一個手勢。

映霜矇矇眼笑了，當然，她沒笑出聲。

映雪用兩根手指做了一個「人仔走路」的動作，映霜點頭。

然後她們慢慢地走向了太和廣場的門口離開。

幸運地，兩姊妹沒有被打毒針，也沒有被怪體傷害。但不幸的，她們不知道，自己走錯方向，跟康樂中學……愈來愈遠。

……

…

.

康樂中學。

我們幾經辛苦才把貓罐頭帶回去，卻換來了晴天霹靂的消息！

「怎……怎可能……」

自清跟我說，映雪與映霜失蹤了。

這個絕對是我一生中聽過最可怕的消息，我整個人也不知所措，變得六神無主。

他們詳細地告訴我事情發生的經過。

「月側！對不起！」自清低下頭：「我們沒有好好看著她們！」

「是我們的錯！對不起！」雨彤也向我道歉。

我拍拍她的肩膊。

不，其實不完全是他們的錯，他們也不可能二十四小時看著映雪映霜。

冷靜！月側你要冷靜！

她們兩姊妹很聽話，才不會無緣無故失蹤，一定是發生了什麼事，讓她們走了出去。

那木板和鐵絲網穿了的洞，很明顯不是怪體所做，而是人為的，這代表有人把她們帶走了！

「她們有沒有大叫之類的？」我問。

「沒有！我們完全沒聽到她們的叫聲！」雨彤說。

不是被強迫帶走，可能是有什麼吸引了她們，兩姊妹才會跟「那個人」、「那些人」離開。

這代表了她們暫時沒有生命危險。

究竟是什麼人把映雪映霜帶走？

「我們先搜索學校範圍，如果找不到，我們再出外找尋。」我冷靜地說：「自清，你修補鐵絲網，不能讓學校被入侵，山明、雨彤你們從學校左面樓梯開始搜索單數樓層，我跟愛玲在右面搜索雙數樓層。」

「知道！」

「我有什麼可以幫到你們的？」張婆婆問。

「婆婆你就跟小白留在小食部。」我勉強擠出了笑容：「等我們找到她們兩姊妹後，然後一起吃大餐。」

我內心是擔心得要死，不過我需要冷靜，如果我也亂了，他們一定會更無助。

因為我是全部人的……隊長！

而且我知道，映雪映霜不會有事！日央在天上，一定守護著她們！

我看著天空許願。

CHAPTER 07 姊妹 07 SISTERS

太和廣場。

「好像不是這邊啊！」家姐說。

「學校是這邊！」妹妹指著前方：「我沒有記錯！要上電梯！」

她們想快點回去康樂中學，不過……

錯了，映霜記錯了，她所指的是相反方向，她記錯來去的方向，現在兩姊妹離開康樂中學……愈來愈遠。

「噓！有怪物！」映雪說。

在長電梯的位置，出現了幾隻怪體，牠們還未發現兩姊妹。

「我們靜靜走過去。」映雪做了一個安靜的手勢。

映霜點頭。

她們慢慢從幾隻怪體身邊走過，映霜近距離看著那隻面容扭曲的怪體，怪體彎下身跟映霜面對面，不過，映霜一點也不害怕，她還想用手摸摸牠。

映雪立即出手阻止，然後跟妹妹搖搖頭。

兩姊妹的體形細小，動作也不大，這是她們的優勢，怪體更難發現她們。

她們面前，是長電梯和長樓梯，她們會怎樣選擇？

妹妹指著電梯，因為電梯還在運作，她不想走樓梯；家姐看一看上方，她決定了走樓梯。

映雪拖著映霜走樓梯，映霜有點不滿，不過也跟著家姐走。

為什麼要走樓梯？

因為如果在樓梯上方有怪體出現，她們可以掉頭走；而電梯會不停向上，她們很難走回頭。

映雪很聰明，已經考慮了這一點。

她們慢慢地向上爬，如果有走過這段長樓梯的人也知道蠻辛苦的，對於兩個四歲的女孩，是有一點吃力，不過，幾經辛苦終於來到了上層。

映雪不只是聰明，她們的運氣也很好，原來在長電梯的盡頭有一堆躺在地上的怪體，如果她們從那邊上來，將會被怪體捉住！

「我們走過那邊，就應該到了！」映霜在家姐耳邊說。

「但是……」映雪看著前方。

在她們的前方……

不只是兩姊妹從未遇過，就連月側他們也沒有遇上過……有五十？八十？一百隻怪體在平台上漫無目的地遊走！

不知是否當天封鎖時正好是地鐵到站，人群下車後一直被困在這裡，最後全都變成了怪體！

每隻都非常飢餓，等待著美食！

數量太多，兩姊妹絕對不可能穿過去！

「家姐，怎辦了？」映霜躲在她身後。

這次她們會怎樣選擇？回頭？還是前進？

……

…

．

康樂中學。

我們已經搜索了全間學校，找不到映雪映霜，她們真的離開了學校。

在校長室找到了一些個人用品與吃過的食物，還有一隻四肢折斷被鎖著的怪體，如果沒估錯，一直也有人在這裡，只是隔開了我們不知道。

我們還發現了一些孩子的玩具，我覺得很大機會是「那個人」捉走了兩姊妹。

不，那個人不會捉走兩姊妹，應該是用什麼東西吸引她們離開。

究竟「他」有什麼目的？

我看著那隻被虐待的怪體，心中有一份不祥預感。

「別再等了，我們快去找她們！」愛玲比我更心急。

「但問題是太和邨這麼大，我們要在哪裡找到她們？」自清說出了重點。

就在校長室的壁報板上，我看到一張卡片，是在附近牙醫診所的卡片。

為什麼會有診所卡片？

「我們先去這裡看看！」我指著卡片。

已經沒有其他線索了，我們只能從那裡開始找！

CHAPTER 07 08 SISTERS 姊妹

我叫彰映雪。

爸爸有跟我說過為什麼要改這個名字，不過我已經忘記了，嘻。

不知怎樣呢，每一個大人都覺得我比妹妹聰明又懂事，其實我覺得我跟妹妹根本沒有分別，我們都喜歡《角落生物》，都喜歡《迷你兵團》，都喜歡看著爸爸打遊戲機。

不過，我知道妹妹有時記性不太好，我會提醒她。

就這樣而已啊！我一點都不覺得自己聰明。

我跟妹妹來到了太和廣場上層平台。

「很多迷你兵團啊！」我心想。

我牽著妹妹的手，慢慢地在那些長頭Kevin怪物身邊走過，我不明白啊，為什麼爸爸他們這麼害怕長頭怪，只要不發出聲音，牠們根本不會傷害我們。

在我眼前數十隻長頭怪，就好像一大堆長頭Kevin一樣，很可愛啊！

我們靜靜地繼續向前走，像爸爸玩《咩吐基亞》遊戲一樣，不能讓牠們碰到我們，碰到了就要輸了！

我回頭看著妹妹，她跟我做了一個鬼臉，嘻！笨蛋，她總是愛搞鬼的。

那些長頭怪都很高，我們就像《愛麗絲夢遊仙境》的森林下方走過一樣。

突然！一隻長頭怪碰到妹妹！她想叫出聲，我立即用手掩著她的嘴巴！

妹妹不能叫啊！叫了立即會輸掉遊戲！

她跟我點點頭，她知道我想說什麼。

我們慢慢走，不斷閃避長頭Kevin，有時我覺得牠們蠻可憐的，只能做壞人，不像我們跟爸爸一樣成為正義的角色。

終於來到了車站的入口附近啊！不過我們不是要坐火車，而是要回到學校找爸爸！妹妹說是這個方向，應該不會有錯的！

繼續向前走，來到了下去的樓梯，不過，無論是樓梯或是電梯，都塞滿了長頭怪！

「家姐，怎麼辦？」妹妹在我耳邊輕聲說。

我回頭看一看走過的路，在左手面有一道離開的門。

我指指那邊的出口，妹妹點頭。

我們走回頭，動作很慢、很小心，爸爸知道一定會說我們厲害！

就在我們快要來到大門時，突然！

「哎呀！」

我回頭看，妹妹被一個在地上的長頭怪頭顱絆倒，她叫了一聲！

大件事了！其他長頭怪發現了我們！

「家姐！」妹妹快要哭出來。

我立即把她拉起：「我們衝過去！」

我沒有一秒鬆開過妹妹的手，我一直拉著她跑向出口大門！

我們才50等級啊！不能在這裡就完結，我們還要升上99級去見媽媽！

「嗞嘎~」

我們合力推開了大門，走進了後樓梯！

「快關門！」

我跟妹妹快速關上了大門，盡量用身體的重量擋著門！

可惜牠們的力氣太大了！我們快擋不住了！

「妹妹……妳先走吧！」我說。

「不行！我不會……不會掉下家姐！」她的表情很痛苦。

「爸爸說……我要保護妳……」我也用盡全力：「我不能讓妳受到傷害……」

我們的力氣太少了，門快要被推開！

「媽哩媽哩空！」妹妹突然唸魔法咒語。

對啊！我們要用魔法！我也跟著唸起魔法咒語！

「媽哩媽哩空！媽哩媽哩空！」

魔法咒語好像沒有用……我們快要擋不住了！

「媽媽……媽媽快來救我們！」

突然！！！

我們聽到門外痛苦的叫聲！同時，推門的力也消失了！

我跟妹妹對望了一眼。

「是媽媽的力量！」妹妹高興地說。

「對！媽媽出來幫助我們了！」我笑說：「是《JoJo的奇妙冒險》的媽媽『替身』！」

「我要看看媽媽！」妹妹想打開大門。

「不要啊！」我阻止她：「媽媽一定是想我們快逃走！」

她想了一想：「對！媽媽要我們逃走！」

「走吧！」

「等等！」妹妹在裙袋拿出了罐裝糖果：「薄荷味！還有橙味！」

是加攻擊力與加速度的糖果！

「一次吃兩粒嗎？」我皺眉：「爸爸說吃太多會蛀牙啊！」

「別怕，爸爸現在不在，嘻！」妹妹在奸笑。

也對！爸爸也不知道！應該沒問題的！

我們一起吃著糖，很好吃啊！

然後一起笑了。

「走吧！」

我再次牽著妹妹的手，在後樓梯向下跑，因為我們太過高興，卻沒發現有一隻怪物從樓梯走上來！

我們跟牠碰個正著！

撞擊力令我鬆開了妹妹的手！我被撞開！而妹妹更被迫到牆角！

長頭怪正向著妹妹，她現在沒法逃走！

怎……怎麼辦？！

CHAPTER 07 09 姊妹 SISTERS

那隻長頭怪其中一隻腳扭曲的，一拐一拐地走向妹妹！

妹妹只能瑟縮在牆角！

「家姐！」她叫著。

啊！對啊！爸爸給我武器！是那把摺合袋中刀！

怪物愈來愈接近妹妹，我立即拿出了袋中刀！

「怪物！受死吧！」我看卡通片，攻擊敵人時都會大叫這一句。

我用刀插入了怪物的身體！血水濺到我跟妹妹的臉上！

可惜，牠好像一點也不痛，怪物一手把我打開！我倒在地上！

「別要傷害我家姐！」妹妹在牆角大叫。

怪物本來被我吸引，卻因妹妹的叫聲再次吸引了牠！牠的大口向著妹妹咬去！

「不要！」

「啪！」

就在最危急的時候，有東西飛向了長頭怪！牠被撞到牆壁上！

那東西是另一隻長頭怪的頭顱！

我回頭一看……

「牠」手上拿著怪物的長頭顱走進了後樓梯，「牠」把頭顱再次掉向怪物！

怪物痛苦地大叫！

全身黑色的「牠」，體型很小，只比我跟妹妹高一點點，「牠」快速跑向怪物，然後跳到牠的背上，一口咬住怪物的頸！「牠」用力一扯，長頭怪的後頸被咬出了一個大咕窿！

此時，妹妹高興地大叫著。

「小黑！」

……

…

.

安和樓三樓牙醫診所。

在牙醫的房間內，我們發現了一隻被綁在牙醫床上的小孩怪體，還有幾支針筒。

那隻小孩怪體已經死去，牠長長的頭由上方開始裂開直到牠的嘴巴，死狀恐怖。

可惜，在這裡我們沒有發現兩姊妹。

我非常的失望，坐在地上，思考著下一步應該要怎樣找到她們。

「月側，我明白你的心情。」山明也坐到我身邊。

他怎會明白？我心中那份又自責又擔心的心情，山明是不會明白的。

「五年前，我弟弟也失蹤了。」他說。

「什麼？」我很驚訝。

「對，如果他還在，現在已經有六歲了。」山明看著牙醫床上的燈。

「是在太和邨失蹤的嗎？」我問。

「嗯，當年我也只是高中生。」山明說：「就因為這件事，我爸爸怪責我媽，最後他們分開了，只有我留在麗和樓。」

「我們就在那段時間認識。」自清也坐了下來：「因為我也是一個人住，我們經常去打桌球。」

「自清陪我渡過最難捱的一段時間。」山明說。

「也沒有什麼呢，我只希望你可以快點走出痛苦。」自清說。

「你們別要亂說好嗎？」愛玲說：「映雪映霜才失蹤了一會，別要嚇月側吧！」

我搖搖頭，搭在山明的肩膊：「我沒事，我知道一定可以找到她們的。」

沒想到，這些年輕人也經歷了很多。

每個人都有屬於自己的故事，一直走來，才會有現在的自己。我不能讓兩姊妹的故事……永遠停留在這裡。

她們的「童話故事」一定要是快樂的結局。

「大家……大家快來看看！」雨彤看著診所玻璃外：「有些不對勁……有個女人……不，好像是怪體才對，她在外面！」

我們立即走到診所玻璃前，一個女人的雙眼瞳孔已經放大到看不見眼白，不過，她的頭沒有變長，身體也沒有變異，而且她還會說話！

「救救我……救救我……」

她在求救！

CHAPTER 07 姊妹 10 SISTERS

我叫彰映霜。

爸爸有跟我說過，「霜」與「雪」都是冬天的名字，不過我們卻在春天出世。

其實我還未識分春夏秋冬呢！嘻。

不知怎樣呢，每一個大人都覺得家姐比我聰明又懂事，其實我覺得我跟家姐根本沒有分別啊！我甚至覺得自己比家姐聰明多了！嘻！因為我年紀最小，大家都很疼我，我才不需要像家姐一樣去保護別人。

被人保護不是更幸福嗎？

嘻！我才是最聰明的小朋友！

我跟家姐來到了太和廣場後門的樓梯，我竟然遇上了他！

「小黑！」我高興地大叫他的名字。

不會錯的，他就是電錶房藍色門裡面，我給他煮飯仔食物的小黑，不過他的頭又長了很

多！

「他是誰？」家姐問。

「他是小黑！」我走向了他：「是我的朋友！」

「小黑你好啊！」家姐禮貌地打招呼。

小黑眨眨眼，口中還流著紅色的血水，他好像聽得懂我們的說話。

「你是來救我們的嗎？」我問。

他沒有回答。

「他就是黑色的史萊姆！」我笑說：「史萊姆是怪物，不過也是伙伴！」

此時，大門又再次傳來撞擊的聲音！

「我們快走吧！」家姐牽著我的手。

「好！」我看了一眼小黑：「小黑，我們一起走吧！」

我伸出了手，他慢慢地牽著我的手，他的皮膚很刺手啊！好像爸爸的鬚根一樣，嘻嘻！

我們三個人從後樓梯走到地面層，真的有點累！走出門外，我們來到了一個不知道是什麼的地方。

「明明學校就是這個方向啊！」我在皺眉。

「我覺得我們走錯了。」家姐說。

「沒有錯！是這方向！」我說。

「錯了就是錯了！」

「沒有錯！就在這邊！」我鼓起腮。

我向著左面？還是右面？左右我好像分不清楚，不過算了！我繼續走，家姐與小黑跟在我身後。

很快我們來到了一隻金色大貓貓公仔的位置。

新年
招財

「妳看！大貓貓公仔啊！」我指著。

「但又不是學校！」

「我們就快到了！」我還是不肯認錯。

愈走就愈覺得奇怪，回去學校的路好像完全不同了。

「小黑，你知道學校在哪裡嗎？」我問他。

他沒有回答我。

「好吧！好吧！你們都對的！我錯了好不？」我生氣地說。

其實我也不知道自己有沒有走錯路，只覺得自己害家姐不能回到爸爸身邊，對自己有點生氣。

就在此時，有東西飛向了小黑！

一支尖尖的木棒飛向了小黑！

插入了他的胸前！他痛苦地倒下！

「小黑！」

一把聲音大叫著：「兩位妹妹！快過來！」

我跟家姐看著聲音的方向，他們身上的衣服……是一位警察叔叔與消防員叔叔！

「別要接近那怪體！」消防員叔叔拿著一把斧頭。

他準備用斧頭劈向小黑！

我立即走到他們之間，雙手張開：「不要傷害小黑！」

那個消防員叔叔呆了一樣看著我。

他不知道我跟小黑是好朋友！我們一起玩過煮飯仔！而且他還救過我！

「小黑，快逃走！」我大叫。

小黑拔出了身上的木棒，立即跑開！

另一位警察叔叔舉起了手槍，想要射向小黑！

「砰！」

子彈打中了小黑的手臂！他痛苦地大叫！

為什麼？為什麼要傷害我的朋友？為什麼！

等等……我想到了讓小黑逃走的方法！我從裙袋拿出一樣東西，是爸爸給我的武器！

我拉開了貓頭防狼器！

CHAPTER 07 姊妹 11 SISTERS

安和樓三樓。

那個女人沒有變成怪體！不過她跟我們不同，瞳孔有改變，卻沒有變異！

我們把她帶進牙醫診所。

她說自己叫張開萍，是一名護士，她是其中一個從禮堂僥倖逃出來的居民，她也不知道自己為什麼會變成現在這樣。

已經沒時間節外生枝了。

「自清你先帶她回去學校。」我說：「山明、愛玲、雨彤，你們跟我繼續搜索兩姊妹。」

「但……但你不是說不要讓其他人走進我們的基地嗎？」自清問。

我的確有這樣說過，但她只是一個手無寸鐵的女人，應該沒問題的。

我跟張開萍說，會先把她關在更衣室，等我們回來後再作打算，她同意我的做法。

就在此時！

「你們……你們聽到嗎？」我問。

「聽到什麼？」山明問。

我好像聽到了防狼器的聲音，不過山明他們並沒有聽到。

是我多心嗎？是我太緊張了嗎？

「沒……沒什麼，我們快走吧，兩姊妹一定在某處正等待我們！」我鼓勵著自己。

我們準備離開，無意中看到張開萍她在……奸笑。

這又是我……多心嗎？

……

……

.

愛和樓對出的空地。

防狼器響起了刺耳的聲音！沒想到月側留給映霜的「武器」，不是用在怪體身上，而是用在……人類！

「快關上它！」消防員立即搶去映霜手上的防狼器，把它關掉。

可惜已經太遲，防狼器的聲音吸引了大批飢餓的怪體洶湧而至！同時小黑也趁這機會逃走了！

「先別要理會那隻小孩怪物，我們要走了！」警察快速說。

這一對消防員與警察，就是方消水與劉仁偉！

他們一人一手抱起了映雪映霜，立即逃走！

「放我下來！」映霜大叫。

「別要傷害我妹妹！」映雪也叫著。

「妳們別要說話，會吸引怪體！」消水一面跑一面說。

在他面前出現一隻怪體，他揮動斧頭把牠的頭劈下！

怪體從四方八面湧來，因為太和邨已經愈來愈少活人，牠們比任何時間更瘋狂！

消水與仁偉一面斬殺前來的怪體，一面保護著兩姊妹！

他們終於逃到了新和樓對出的空地，然後一起躲在石壆後！

「噓！」仁偉跟她們做了一個安靜的手勢。

映雪與映霜當然知道不能發出聲音，她們抱在一起，等待外面的怪體離開。

不久，怪體已經走遠了他們。

「為什麼要傷害小黑！」映霜問消水。

「什麼小黑？小妹妹，那是怪物！」消水說：「是可怕的怪物！」

映霜一巴掌打在消水的臉上，消水也呆了。

「小黑不是怪物！是我的朋友！」映霜說。

「對！他救了我們！是朋友！」映雪和應。

「嘿，消水，看來你不太受女性歡迎呢。」仁偉笑說。

「你說得沒錯。」消水也苦笑：「怎樣也好，我們先帶她們回去加油站吧。」

「她們不可能只有兩個女孩。」仁偉猜測：「她們的爸媽應該在擔心地尋找她們。」

「走吧。」消水對著兩姊妹說：「如果妳們亂叫，我……殺了妳們！」

兩姊妹連怪體也不怕，現在卻感覺到害怕，消水當然不會這樣做，只是想嚇嚇她們。

看來，他真的不太受女性歡迎呢。

怎說也好，兩姊妹現在總算是安全，消水他們會保護她們。

不過，月側要怎樣找到她們呢？

CHAPTER 08 變 種

VARIANT

CHAPTER 08 01 VARIANT 變種

太和邨被封鎖七天前。

地下水道。

平常不是有工程，根本不會有人會來到這裡，那天卻有一個穿著有帽衛衣的男人、一個小孩，還有一籠老鼠，來到了這裡。

他們來到了一個泵房，在泵房內有數個大水缸，裡面的水是供應整個太和邨的食水。

男人與小孩一起爬上了鐵梯，小孩徒手在籠中拿出一隻老鼠交到男人手上。

男人純熟地一刀劏開了老鼠的肚皮，老鼠痛苦地叫了一聲，一命嗚呼，然後男人把老鼠的血水滴入太和邨的飲用食水水缸內！

血水化成了清水，跟人類飲用的食水混合了。

大家也知道，之後太和邨發生了什麼可怕事情。

一切的「源頭」，就是這個……男人與小孩。

他們是什麼人？

他為什麼要這樣做？

沒有人知道，不過有一件事是可以肯定的，他們都是……**太和邨的居民**。

而且他們……**還留在太和邨內**。

……

……

．

大埔頭啟智學校。

學校已經被改建成生物病毒中心，後方的足球場上搭起了一個又一個帳篷，穿著白袍的工作人員都在這裡進行研究。

從太和邨逃出來的侯清哲與趙欣琴，已經在這裡逗留了一個多月。

這一個月來，他們都進行了不同的實驗，不過，不像電影的殘酷實驗，他們只是接受了一些簡單的測試。

白色的房間內。

他們正在吃飯。

「其實要對我們測試什麼？」欣琴問。

「只是量量體溫，有時會抽血，還有驗尿。」清哲說：「我也不明白他們想怎樣。」

「如果我們沒有被感染，為什麼不放走我們？」欣琴說。

「我反而很擔心家人。」清哲看著那盒叉燒飯：「他們一定很擔心我。」

「清哲……」欣琴看著那個監視攝錄機，然後用手擋著嘴巴：「不如我們逃走吧！」

「逃走？」清哲輕聲說：「要怎樣逃走？」

「他們的防衛根本不嚴密，我們可以嘗試晚上離開！」

就在他們討論逃走的事時，白袍人走進了他們的房間！

他們討論逃走的事被發現了？

白袍人會怎樣對他們？

其中一個白袍人拿著一份報告，他是生化研究部的高志孝。

「侯清哲與趙欣琴，你們現在……」他笑得有點狡猾：「可以離開了。」

他們呆了一樣看著高志孝，還以為自己聽錯。

「我們……可以離開？」清哲再問一次。

「沒錯，可以離開。」

「太好了！」清哲高興地說：「欣琴我們可以回家！」

欣琴沒有高興的表情，因為她覺得太奇怪了，怎麼突然又放他們離開？

她的多疑是正確的。

他們一直也沒有發現，那些簡單測試都只不過是「掩飾」，來了這裡一個月，其實他們一直也在接受著「實驗」。

只是他們不知道而已。

畫面慢慢地移到那一盒豐富的……叉燒飯之上。

高志孝他們的實驗才沒有結束，現在才是……真正開始。

CHAPTER 08 變種 02 VARIANT

寶雅苑家和閣天台。

他用望遠鏡看著四周的環境。

在他的臉上有一片灼傷的疤痕，這個男人是張大兵。

當天他去過幼稚園之後就沒有再回到學校，因為他找到了一處比康樂中學更好躲藏的地方。

就是天台。

家和閣天台已經變成他的根據地，還有一些在家和閣生存下來的居民，跟他組成了一個團隊。

這個月來的食物和物資都是從家和閣的單位中搜刮得來，不過，已經搜刮得所剩無幾。

「大兵。」一個四眼男人走向他：「家和閣能夠用的物資也差不多用完了。」

「那就搜刮逸和閣吧。」大兵指著前面的大樓：「晚一點我帶隊出發。」

「好的。」男人說。

這個男人是康樂中學的老師，他叫李德明，當時就是他叫張愛玲去保健室。

「有沒有找到線索？」另一個中年男人問。

他是麗和樓的保安員權叔，雖然他是麗和樓的保安，卻住在家和閣，現在跟大兵在同一個團隊。

大兵打開了一張地圖。

「現在可以肯定，太和邨以外能看到的地方已經沒有人。」大兵指著地圖：「我被召入伍時，沒有疏散太和邨以外的大埔居民，這應該是鎖邨之後的安排。」

「他們為什麼要這樣做？」權叔問。

「不就是不想讓病毒散播吧。」李德明說。

「這麼大範圍的撤離，根本不可能做到。」大兵說：「德明，你知道大埔區有幾多人口？」

「我記得幾年前人口普查資料，大埔至少有三十萬人居住。」李德明說。

「三十萬人，即是坐滿二十四個紅磡體育館的人數。」大兵問：「有可能做到嗎？」

「的確，可能性很低。」李德明問：「那還有什麼原因？」

「你們有看過《The Truman Show》嗎？」大兵問。

李德明已經想到他想說什麼：「你是在說笑嗎？」

「是什麼電影？我沒有看過。」權叔說。

「中文戲名是《真人Show》，就是說男主角從一出生，就生活在一個虛假的世界，他所住的地方由一個很大的天幕包圍，他的生活，全都被攝影機拍下。」李德明說。

「大兵，你的意思是……」權叔非常驚訝。

「但大兵你從外面進來時，除了電網牆還有其他的『裝置』嗎？比如巨大螢光幕板？投射天幕之類的？」李德明問。

「沒有。」

「東鐵鐵路的出入口也沒有電網牆，如果是投射的，這兩個地方就不可能做到了，而且我們不可能沒找到『破綻』。」李德明分析：「那你的說法就不成立了。」

「不。」大兵在地圖上圈著：「如果不是由電網牆開始呢？」

他把整個太和邨的外圍，包括了電網牆都用紅色筆圈起來。

「如果是在電網牆後50米、100米的範圍加了什麼裝置呢？」大兵解釋：「我們進入太和邨的軍人根本不會知道，而且他們只需要撤走100米範圍內的居民，不需要撤離整個大埔的居民。」

「如果你的猜測是真的，問題是他們為什麼要這樣做？」李德明問：「為什麼要大費周章讓我們以為外面的世界已經沒有人？」

「《魚樂無窮》。」大兵只說了四個字。

「《魚樂無窮》？」

這是一個很久以前的電視節目，整個節目就只是拍攝著金魚在魚缸中游來游去。

「我明白了！」權叔用拳頭捶向自己的手掌：「外面的人同樣看不到我們！」

「嘿，看來做保安的比老師更聰明呢。」大兵笑說：「不是一面，而是……雙面的。」

「即是說……」李德明好像明白了什麼：「他們的目的不只是要我們看不到外界，而且要反過來，讓外面的人看到整條太和邨沒有異樣，也沒有怪體，也不會知道我們發生了什麼事。」

「正是如此，其他人只是看到螢光幕上的金魚，根本不知道那隻金魚可能早早已經死去了。」大兵說出了他們的結論。

他們三人沒有再說話，一起看著那個……

「沒有人的大埔區」。

CHAPTER 08 — 03 VARIANT 變種

月側曾說過，只有兩類人可以在這樣的環境生存下來。

第一種，就像他們一樣會團結合作的人，而第二種就是那些……不擇手段的人類。

太和鄰里社區中心小童群益會對出的空地。

一群人正在玩著一場賭博遊戲。

一個男人被倒吊，他的下方有兩隻被鐵鏈鎖頸的怪體，男人即將成為牠們的晚餐。

「賭兩個女人。」他說：「我們那隻怪體先咬下男人。」

「兩個女人？朱大山，這麼大手筆？」另一個肥仔說：「就跟你賭！」

「不要！快放我下來！」倒吊的男人痛苦地掙扎。

那個朱大山做了一個手勢，他的手下推出了兩個衣衫不整的女生，她們看來也不過二十歲。

在末世中，最先消失的是年輕女性，什麼原因也許不用多說，現在，她們已經成為了兩黨人的籌碼。

「現在開始！」一個男人大叫。

朱大山和肥仔各自放出了屬於他們的怪體，兩隻怪體衝向了被倒吊的男人！因為男人被吊在半空，怪體沒法立即把他撕成碎片！牠們的尖爪抓向男人的臉，男人痛苦地大叫！

代表朱大山一方的怪體，突然跳起！

「哈哈！會跳的！他媽的殭屍跳！殭屍跳！」朱大山笑到反肚。

跳起的怪體，一手捉住男人，然後向他的頸咬下！血水如泉噴出！牠不斷的咬，一口一口咬，直至男人的頭顱整個掉下來！

被倒吊的屍體頸部不斷流出血水，場面非常血腥，兩個女生也不敢再看下去，卻有人高興地大笑！

「哈哈哈哈哈哈哈哈！斷頭了！哈哈哈哈！」朱大山與他的手下在瘋狂大笑。

有些人並不適合生活在充滿規則的社會，反而在這個惡劣的環境才能夠快樂地生存，讓他們的獸性得以發洩。

「死肥仔，我的囡囡呢？」朱大山問。

「放……放心吧，我回去後帶她們回來！」肥仔結結巴巴地說。

「什麼回去？你沒帶來就跟我賭？不就是賭白頭片？」朱大山發怒。

兩幫人站了起來，手上已經緊緊地握著武器。

「怎樣了？要反悔嗎？」朱大山問。

「什麼反悔？我都說轉頭回來！」肥仔大聲說：「你聾的嗎？」

「你這個死肥仔……」

朱大山正想叫手下動手之際，一把水果刀飛向了肥仔的眉心！他的頭顱分成兩半，血水濺在朱大山的臉上！

朱大山也看呆了。

「是誰出手？！」他回頭看著自己的手下。

可惜他已經問得太遲，一個長髮赤裸，面上畫了幾道疤痕的男人，將他的手下割喉殺死！另一個平頭的男人一刀插入了另一個手下的腹部！

兩個人配合得天衣無縫！不到幾秒，朱大山的幾個手下已經全被斬殺！

朱大山完全不知道對方是什麼來頭的人！

他在驚惶失措之際，飛來的軍刀已經插入他的心臟！飛出軍刀的人正是長髮赤裸的男人！

肥仔的手下看到肥仔慘死，也拼命逃走，可惜平頭男已經趕到！他一刀插入其中一個男人的背後！

「嘰嘰嘰，是不是很舒服？」平頭男人說著閩南話。

然後他繼續斬殺其他想逃走的人！

不到一分鐘，死的死、逃的逃，十多具屍體倒在血泊上！

兩個成為「籌碼」的少女，只能全身發抖，嚇到一動也不敢動！

CHAPTER 08 04 VARIANT

「閩南仔，你他媽的怎麼給人逃走了？」長髮赤裸男問。

「他像狗一樣跑得這麼快，我可以怎樣？」平頭閩南仔反問。

長髮男在腰間拿出一把刀，他瞄準逃走的人，飛出了短刀！正正插入了男人的後頸，他即場死亡！

「鶴佬哥好眼界！」閩南仔拍手助興：「好眼界！」

「謝謝⋯⋯謝謝你們救了我們。」其中一個女生向他們道謝。

「不用謝。」

鶴佬哥話一說完，他一刀插入了女生的頸！女生瞪大眼睛吐出了鮮血！

這兩個男人⋯⋯根本不是來救她們！

另一個女生看到，立即轉身逃走！

可惜，閩南仔已經捉住她的長髮，然後一刀、兩刀、三刀⋯⋯不知道在她的肚皮上捅了幾多刀，直至女生被監生捅死！

「嘰嘰嘰，全軍覆沒！」閩南仔用舌頭舐著刀上的血跡。

鶴佬哥還未停止，他把倒在地上的女生乳房用刀切下來，放入自己的腰包之中，他好像在收集戰利品一樣！

在空地上，滿是屍體，全部都不是由怪體所殺，而是由人類所殺！

而且只是……兩個人類！

月側他錯了。

能夠在這樣的環境生存下去的，不只是團結合作的人與不擇手段的人。

真正能夠生存下來的，就只有……**瘋子！**

「下一個目標？」鶴佬哥撥撥自己的長髮。

閩南仔指著一個方向：「嘰嘰嘰，就那裡吧！」

他們指的地方……太和邨加油站！

……

…

.

太和邨加油站便利店。

他們已經加固了加油站，整個加油站被厚厚的木板包圍著。

方消水與劉仁偉把兩姊妹帶到這裡，加油站內的人看到兩姊妹，臉上都掛上了笑容，因為她們代表了……「生命力」。

能夠生存下去的生命力。

「小妹妹，妳們是從哪裡來的？」其中一個女人問。

「別要跟陌生人說話！」映雪在映霜耳邊說。

映霜點點頭。

她們還在責怪消水傷害了小黑，映霜覺得他們不是好人。

「如果只有她們兩個女孩，不可能生存到現在。」消水喝著支裝水：「她們的父母一定在四處尋找她們。」

「爸爸很快來救我們！」映雪說：「他會打敗你們！」

「小妹妹，我們不是壞人。」仁偉說：「放心，我們會幫妳找到父母的。」

「媽媽在天堂，我們會自己去找她！」映霜說。

便利店內的人聽到她的說話，心中有一份難過的感覺，很明顯，是她們的父親跟她們說媽媽上了天堂。

一個殘酷又美麗的謊言。

消水說出了拯救兩姊妹時發生的事。

「她們說怪體是朋友？」一個中年男人問。

「對。」仁偉看著兩姊妹：「那隻小孩怪體的確沒有傷害她們，而且還懂得逃走。」

「會不會……跟我的情況一樣？」另一個中學生說。

他是朱大勇，一個月前他曾被怪體所咬，不過他只有瞳孔放大的徵狀，卻沒有變成怪體。

最初大家也不知道原因，後來經他們討論，發現可能是大勇患有「先天性葡萄糖六磷酸去氫酵素缺乏症」（G6PD缺乏症），俗稱蠶豆症。

蠶豆症的成因是先天遺傳，暫時沒有藥物治癒，患者的紅血球缺乏了G6PD的酵素，這酵素的作用是幫助穩定紅血球，使紅血球不容易受到破壞。

他們都覺得，大勇就是因為患有蠶豆症，紅血球不穩定，反而沒有變成怪體。

而且他曾看過一本叫*《世界末日還有貓》的小說，當中的角色，也是患有此病，最後也沒有變成怪物。

不知是巧合還是真有其事，但大勇覺得這就是他沒有變成怪體的原因。

「那隻小孩怪體跟你完全不同。」消水說：「牠全身黑色，頭顱也變長，而且還有眼睛，瞳孔也沒有放大，你卻什麼也沒有改變。」

「哈哈！我還是一樣英俊！」大勇高興地笑說。

消水一手打在他的後腦。

「怎樣了？！」大勇生氣。

「有什麼好高興？假如有天結束封鎖，你一定會成為……實驗品。」

大勇瞪大了眼睛沒有說話，他知道消水說得沒錯，他就是怕有這樣的一天。

不是死在怪體手上，而是死在……人類手上。

＊《世界末日還有貓》，孤泣另一作品系列，詳情請欣賞《世界末日還有貓》。

CHAPTER 08 05 VARIANT

我們本想從太和廣場走到另一邊的太和邨，不過商場的位置有大量的怪體，我們根本沒法通過，只能走進太和站，爬過鐵欄過去。

「我們也這麼艱難才走過鐵路的對面，她們兩姊妹真的有可能自己走到那邊嗎？」山明問。

「我也不知道，不過，我有預感她們會在愛和樓那邊。」我說。

其實不只是預感，我總覺得剛才的確是聽到防狼器發出的聲音，而聲音就在那一邊。

我們繼續小心翼翼地前進，靜靜跳下了月台，沒被月台上的怪體發現，然後爬過鐵欄。

「你們說在街市遇上不是盲的怪體，是真的嗎？」雨彤一面行一面問。

「真的，而且牠的頭顱不是變長，而是打橫變闊。」愛玲說。

「怎麼會出現這樣的怪體？」雨彤問。

「經過了一個多月的時間，有『變種』出現也不奇怪。」山明說。

「希望我們別要遇上！」雨彤說。

「至少現在知道牠怕光，萬一遇上牠們也知道怎樣對付。」愛玲說：「最怕是不只得一類『變種』的怪體。」

「還好月側想到了用閃光燈。」雨彤說。

「不，本來有人想犧牲自己……」山明說。

「我才不是犧牲！」愛玲說。

突然氣氛尷尬起來，因為他們想起在街市時，山明跟愛玲表白說了「因為我喜歡妳」。

愛玲的臉紅紅的，雨彤已經感覺到了，她笑說：「啊？看來很快就會有一對亂世小情侶出現！」

「別亂說！」愛玲說。

「對！別……別亂說！」山明轉移話題走向我：「月側發現了什麼？」

我們來到愛和樓，金色大貓貓公仔的位置，我在地上……

「這個！」我說。

我發現我交給映霜的防狼器已經被踩爛！我當時沒有聽錯，映霜真的有用過這個防狼器！

我來不及高興，突然在地上出現了一個影子，影子快速在地上掠過！

是一隻像鳥的影子！

我們立即抬頭看！

「不……不會吧？！」

山明說的「變種」再次出現，這次是……**長著翅膀的怪體！**

一隻有翼的怪體在我們上空飛過！

「為什麼會飛？！」雨彤說。

「快躲起來！」我說。

我們四人立即走到金色大貓公仔後方，牠停留在半空拍著翅膀。

翅膀上是各種人類的血肉與骨頭，那根本不是正常翅膀，而是……人類的殘肢！

牠的頭顱沒有拉長也沒有拉闊，臉上卻出現了無數的尖刺，如果有密集恐懼症的看到，一定會全身起雞皮疙瘩！

除了背後長了一對血骨翅膀，他的體型跟正常成年男人一樣，只是牠的手掌腳掌變得非常大，而且身體全黑，在牠胸前有幾個人類的頭顱，表情非常痛苦。

牠用紅色的瞳孔看著我們！

「他會是盲的？還是聾的？」愛玲已經緊握著弓箭。

「看來都不是……」山明探頭看了一眼：「牠還在看著我們！」

「牠是想攻擊我們嗎？」雨彤舉起了自清製造的手臂短箭發射器。

已經不用懷疑，牠向著我們飛過來！

血肉翅膀非常鋒利，直接把三個人高的金色大貓公仔……一分為二！

CHAPTER 08 06 變種 VARIANT

整隻大貓公仔被攔腰截斷！

雨彤用發射器射出短箭，射中牠的翅膀！

可惜，牠不痛不癢，向著我們發出高頻率的叫聲！

「噠噠噠噠噠！」

跟平常的怪體完全不同，牠的叫聲充滿了憤怒！像人一樣的憤怒！

這叫聲會吸引附近的怪體，我們不能在此逗留！

牠飛到了山明前方，尖銳的黑色大手刺向山明！山明用桌球棍刀抵擋著，他整個人被強大的力氣推向後方！

「媽的！」

我跳上倒下的大貓頭上，一躍而下，武士刀斬向飛翼怪體的後背！

同時，愛玲射出的箭插入了牠的心臟位置！

我騰空加上由上而下的力度，武士刀劈進了牠的肩膊，紅色的血水噴射而出！

雨彤的發射器繼續射出短箭，她的攻擊目標是牠的腳前，要把牠緊緊地釘在地上！山明看到飛翼怪體被斬殺，他沒有半秒猶豫，爬起來由防轉攻，棍刀插入了牠的眉心！

「成功了！」

我們四人合力，把第一次見的飛翼怪體制伏！牠像失去能量一樣，跪在地上低下頭！

「看來我們這組合真的是所向無敵！」山明用腳踏在牠的身上，拔出了棍刀。

「別要吹牛了，怪體很快會被吸引過來，我們快走吧！」愛玲說。

愛玲沒說錯，怪體發出的聲音愈來愈接近，一兩隻我們還可以對付，如果是一群就沒這麼容易應付了。

「走吧！」

就在我們以為安全之時，突然！

「玲！小心！」

像刀一樣鋒利的血骨翅膀再次拍翼，劈向了愛玲！

飛翼怪體……還未死去！

「擦！」

山明快速把愛玲推開，可惜速度太快，山明閃避不及……整隻手臂被血骨翼斬去！

只是半秒的時間，血水濺在半空中，就如慢動作一樣，我們根本來不及反應！

山明的斷肢掉在血泊之中，他的手還拿著桌球棍刀！

「山明！」愛玲大叫。

飛翼怪體站起來，釘在牠腳面上的箭也被拔起，牠再次活動！

已經沒有時間思考，留在這裡我們四個人將會全軍覆沒！

「怪體！來吧！我這裡！」我回頭大叫引牠追我：「妳們兩個，快把山明帶走！」

「但……」

「你們快回去診所，那裡會有醫療用品，快逃！」我吸引著飛翼怪體：「來吧！怪物！」

牠再次飛起追著我！

在我面前出現了其他的怪體，我一刀把其中一隻劈下！

我向著亨和樓的方向逃走，飛翼怪體緊隨其後！

飛翼怪體的聲音愈來愈接近，牠飛行的速度比我快得多，我回頭看，牠鋒利的翅膀揮向我，我只能用武士刀格擋！

牠的力氣非常大，我被打飛，倒在地上！

同時，大批怪體已經來到我的位置！

我已經……無路可逃！

我不能死在這裡！映雪映霜還在等著我！

已經不會有人來救我，我只能跟那隻飛翼怪體拼了！

就在我想向牠揮刀之時……

「噠噠噠噠……」

牠發出了痛苦的叫聲！

幾隻怪體跳到牠的身體之上，然後用力撕咬！

為什麼會這樣？難道這隻飛翼怪體還留有人類的味道？！

我想起牠剛才被我劈下時，噴出的血水，不似是怪體的血液，像是人類的血水！

我已經沒法想太多，立即趁機逃走！

沒想到，沒有人來救我，「牠們」卻救了我！

CHAPTER 08 07 VARIANT

晚上。

「回家」。

侯清哲與趙欣琴被眼罩蒙著眼睛，然後被帶回家。

本來，他們都非常高興可以回去，不過，他們沒想到「回家」的意思就是……

回到太和邨。

「你們……你們想做什麼？」欣琴問。

他們兩人被帶回大埔官立小學的籃球場，然後軍人把他們分別綁在同一個籃球架下。

大埔官立小學
Tai Po Government Primary School

軍人只把清哲的眼罩拿走，欣琴依然戴著眼罩，然後他們離開。

「怎樣了？回家就是把我們綁在籃球架？」清哲大叫著：「別要走！我問你們呀！」

「清哲，現在怎樣？」欣琴問。

「我也不知道！」清哲看著他們在地上放著的一台手機：「我們在學校的籃球場，他們把我們綁在籃球架下就走了！」

「不是說送我們回家嗎？」欣琴什麼也看不見，不知道現在的情況。

就在此時，手機響起了音樂。

是兒歌《小太陽》。

「太陽像個大紅花～在那東方天邊掛～」

他們根本不知道為什麼會這樣，手機開始愈來愈大聲。

「圓圓面兒害羞像紅霞～只是笑不說話～」

「為什麼要播兒歌？！」欣琴大叫。

生化研究部門的人，要他們二人在小學浪漫地聽兒歌？才不是。

他們播歌是有另一個原因，就是……吸引怪體。

「噠……噠……噠……噠……」

那些噁心的聲音開始出現，而且慢慢接近。

「媽的！」清哲搏命掙扎，希望可以鬆綁。

「清哲！現在怎樣了？」欣琴沒法看到東西。

沒有開燈的籃球場非常昏暗，清哲看著學校的方向，他集中精神看著……

數十隻怪體快速衝向他們！

「快……快逃！牠們……很多……很多……」清哲已被嚇得口齒不清。

「怎樣逃？我什麼也看不到！」欣琴非常驚慌。

「不要！不要！呀！呀！呀！呀！！」

欣琴只聽到清哲痛苦地大叫，她完全不知道發生了什麼事！

「清哲？！清哲！！！」

欣琴嘗試用籃球架的支架脫去眼罩，可惜不成功，她只聽到清哲痛苦地大叫，還有無數怪體發出的聲音！

沒法看到東西是非常可怕的事，欣琴甚至不知道要躲到哪裡！同時她非常擔心清哲！

她感覺到有東西觸碰她，她立即縮起身體！

「別過來！別過來！」

她不斷大叫，除了大叫她根本什麼也做不到！欣琴只能在心裡祈禱，希望自己與清哲不要死去！

混亂嘈吵的聲音不知道過了多久，一分鐘？三分鐘？五分鐘？

突然……靜了下來。

欣琴全身在抖震，她沒感覺到任何的痛楚，剛才出現這麼多的怪體聲音，牠們沒可能不攻擊欣琴。

「我已經死了嗎？」

「為什麼沒有痛楚？」

「還是我昏迷了，現在只是在夢中？」

她心中有無數問題，被蒙著眼的她根本不知道發生了什麼事。

欣琴再次用支架嘗試脫去眼罩，幾經辛苦，她終於成功！

四周環境很暗，在她眼前有無數的怪體屍體躺在地上，牠們的身體支離破碎，整個籃球場變成了血池一樣！

在她的前方，有一個人單膝跪在地上，欣琴心中只想到是一個人。

「清哲！」欣琴高興地大叫。

她再看清楚，那個身影不像是人類，牠的手臂長出了鋒利的骨刀，全身的皮膚腐爛，卻滿是肌肉。

很明顯牠不是人類，而是一隻怪體！

欣琴立即掙扎，她知道如果不逃走，她將會死在這隻怪體的手上！

突然！牠向欣琴的方向看過去！

「欣……琴。」

牠在叫著欣琴的名字！

「清……清哲？！」

CHAPTER 08 變種 08 VARIANT

油站便利店。

店中播放著柔和的音樂。

「為什麼還未帶我們去找爸爸？！」映霜生氣地說：「大話精！」

「晚上很危險，等早上才去吧。」消水喝著啤酒。

「大笨蛋，你真的沒用！」映霜說。

「噓，別要罵斧頭佬啊。」映雪在她的耳邊說：「他的等級也許很高，我們沒法對付他。」

映霜明白家姐的說話，爸爸曾說過，打不過敵人時就要逃走，也不要惹怒他們。

映霜對消水做了個鬼臉，消水無奈地苦笑。

「看來這兩個小妹妹蠻精靈的。」仁偉笑說。

「至少她們好像不太怕怪體，比很多人厲害了。」消水說：「或者傻勁就是生存下去的方法。」

他們大概明白映雪映霜所說的等級是什麼，很明顯是家人跟她們說，現在只是一場遊戲，這樣才可以讓兩姊妹不會害怕。

因為加油站加裝了木板包圍，他們一直也安心在便利店生活，除非怪體懂得拆木板，不然牠們根本沒法跨越。

不過他們沒想過，懂得拆木板的，不是怪體，而是……人類。

「妳們快去睡覺吧，明天就帶妳們去找爸爸。」消水說。

突然！便利店的玻璃爆裂！

一隻全身插滿玻璃碎的怪體很快已經爬進來！同時，在加油站外有數十隻怪體衝入便利店！

「呀！！！」

便利店內的人一片混亂，其中一個女人被怪體一口咬下！

已經沒時間思考發生了什麼事，現在只有一件事要做，就是……逃走！

「大家快逃！」消水拖著兩姊妹走向便利店的後門。

一隻怪體飛撲向他，他用斧頭把牠斬殺！

消水從貨倉的後門走出便利店，加油站已經滿佈怪體！

「妳們跟著我！」消水看著她們說。

「小心！」映雪指著前方。

消水回過頭來，怪體已經來到他的身邊！幸好仁偉跟隨其後，用軍刀斬下怪體！

「那邊！」仁偉指著木板圍牆的位置。

圍牆其中一塊長木板被拆開了！

「是誰做的？」消水非常生氣。

「誰做也好，現在最重要是逃走！」仁偉說。

消水看著加油站的後方：「我們沒法走到入口，太多怪體！走那邊！」

他們快速走到加油站後方，消水爬上了石壆，然後跟仁偉合力把兩姊妹拉上來！

「快上來！」消水伸出手叫仁偉上來。

仁偉搖頭：「還有其他人！」

「太多怪體了！你根本對付不來！」消水說。

「不是你說的嗎？」仁偉苦笑：「我們的使命……可以救得幾多得幾多！」

在這段時間裡，消水教曉了仁偉，身為一個男人應有的態度。雖然只是相處了一個月，在他們身上看到了「友誼」這兩個字。

「快帶她們逃走！」仁偉緊握軍刀，頭也不回離開。

消水也想去幫手，不過他看著弱小的兩姊妹，她們也需要人保護！

「上來！我背妳！」他說。

消水蹲下來背著映霜，然後一手抱著映雪，一手緊握斧頭！

「我們一起殺出重圍！」消水認真地說。

CHAPTER 08 變種 09 VARIANT

加油站內。

「別要過來！」一個男人大叫。

怪體當然不會聽得懂他的說話，不過就算是聽得懂，牠們也不會放過任何一個飽餐一頓的機會！

幾隻怪體跑向了他！

「別要說話！」突然有一把聲音出現。

同時，他的刀已經劈斷了怪體的小腿！

「仁偉？！」男人說。

「噓！」仁偉說完後大叫：「來吧，我在這裡！」

怪體被他吸引，男人只能呆呆地站在原地，不敢發出聲音，而仁偉吸引了怪體，他一個人跟牠們戰鬥！

仁偉怎說也是警察，體能也會比別人好，他已把幾隻埋身的怪體斬殺！

「我是來救你！」仁偉跟男人說：「我不會掉下你們！」

「謝謝你！」男人快要流下眼淚。

「跟著我，我們去找其他人！」仁偉說。

「好！我……」

男人還未說完，一把飛刀準確無誤地插入他的喉嚨！他瞪大雙眼，口吐鮮血！

血水噴到仁偉的臉上，他呆了一樣，看著男人慢慢地倒在地上！

怪體不會使用飛刀，是……人類！

仁偉看著刀飛來的方向，兩個男人坐在高處！

他們就是鶴佬哥與閩南仔！破壞木板圍欄的人也是他們！

如果要問他們為什麼要這樣做？就只有一個答案……好玩。

就如那些網上的短片一樣，為什麼會有人做一些不可理喻的事，也只有一個原因……

他媽的好玩！

不到數秒，第二把飛刀飛向了仁偉！仁偉立即躲在洗車屋內，他卻沒想到車屋內是掘頭路，怪體快速走向洗車屋把仁偉包圍！

「我才不會死在這裡！」

仁偉在昏暗的洗車屋裡不斷斬殺怪體！

「嘰嘰嘰，看來他實死無生！」閩南仔從高處跳下。

一隻怪體向他攻擊，他完全不怕，把軍刀插入牠的喉嚨，像鋸樹一樣把牠的頭整個鋸斷！

「殺怪體也殺得有點悶了！來玩一下殺人吧，嘰嘰！」閩南仔奸笑。

他衝向一個女人，女人閃避不及，被他一刀割喉！

在高處的鶴佬哥再次擲出飛刀，準確地插入另一個男人的背後！男人失足倒下，怪體洶湧而上把他咬食！

鶴佬哥看到了另一個目標，冷冷的他說：「分頭行事。」

他看到一個男人帶著兩個女孩逃走！沒錯，就是消水與映雪映霜兩姊妹！

「沒問題，嘰嘰。」閩南仔高興地說。

閩南仔繼續斬殺怪體！

洗車屋內，從混亂直至聽不到任何聲音，看來仁偉困在裡面兇多吉少。

此時，一個身影慢慢地走了出來，他是……仁偉！

他滿身是血，手中的刀也被他斬到鈍了，仁偉竟然把全部的怪體一一劈殺！

就連他自己也沒想到可以做到這個地步。

「媽的，真的很累……」他連站也站不穩：「我要去救其他人……」

他還未說完，一把軍刀已經插入了他的身體！血水染滿了他的籃色警察制服！

攻擊他的人是閩南仔！

「我人生中其中一件最想做的事……」閩南仔樣子瘋癲：「就是殺警！嘰嘰嘰！」

他不斷拔出再插入、拔出再插入，仁偉口吐鮮血，他已經沒法再說話，倒在血泊中！

在他死前，他臉上掛上了笑容，因為他在死前……兌現了小時候的承諾。

他的腦海中出現了一個畫面，是小時候在學校的班房，仁偉讀出自己的作文《我的志願》。

「長大後，我要做個好警察，幫助有需要的人！」

不是為了金錢、不是為了長糧、不是為了權力，不是為了優越感。

他想真真正正幫助有需要的人。

現在，他……死而無憾了。

CHAPTER 08 10 VARIANT

「左面！」映雪說。

消水立即向左面的怪體揮動斧頭！

「後面！」映霜說。

消水回頭劈下另一隻怪體！現在兩姊妹就像消水的另外兩雙眼睛，幫助他對付怪體！

可惜，她們沒法看到快速飛來的飛刀！

一把飛刀插入了消水的手臂！

鶴佬哥比怪體更快，衝向了消水！他手上的刀瞄準的目標不是消水，而是映雪！

消水用斧頭格擋著鶴佬哥的攻擊！可惜他抱著兩姊妹，沒法完全卸去他的力道！他被打飛，兩姊妹也一起掉到地上！

「你是誰？為什麼……」

消水還未說完，鶴佬哥已經飛出飛刀，目標是映雪！消水快速用身體擋著飛刀！刀插入了他的後背！

「斧頭佬！」映雪叫著他的名字。

「媽的！為什麼要殺小孩？！」消水回頭看著鶴佬哥。

「因為……好玩。」

鶴佬哥轉移了目標，他撥撥自己的長髮，慢慢地走向了映霜。

映霜擦傷了手臂，她對自己說：「不痛！一點都不痛！」

其實她很痛，眼淚也快要掉下來。

消水想向鶴佬哥攻擊，卻被鶴佬哥叫停：「你敢過來，就看看我的刀快，還是你的人快！」

他拿著飛刀，指著映霜的額角，只要他揮刀，映霜立刻人頭落地！

沒想到映霜竟然把一顆水果糖遞給了鶴佬哥。

「你也流血啊，吃吧，可以加血的。」映霜說。

「妹妹不要！他是壞人！」映雪大叫。

「不，斧頭佬曾經都是壞人，現在也變成好人了。」映霜說：「他也可以啊！」

「哈哈，妹妹妳真乖！」鶴佬哥的刀已經抵在映霜的頸上。

鶴佬哥張開了又臭又大的口，他決定要一口咬斷她的小手指，才把她的頭割下！

「吃吧！」映霜還不知道她有多危險。

「真乖！」

鶴佬哥準備吃下糖果同時咬斷映霜的手指！

一塊磚頭從遠處飛來，擊中了鶴佬哥的頭顱！他咬了個空！

大家也不知道發生了什麼事，鶴佬哥倒在地上，一把武士刀已經在他的眼前掠過！

他快速閃避，眼睛依然掛彩，臉上被劈中多了一條血痕！

兩姊妹臉上出現笑容，一起叫出了一個名稱……

「爸爸！」

是月側，他逃過了飛翼怪體，終於找到了兩姊妹！

「映霜！」他深深擁抱著映霜：「妳們沒事太好了！」

映雪也走了過去：「爸爸我們沒事！」

他們三父女擁抱在一起，場面非常感人，不過，他們沒留意鶴佬哥已經準備向他們攻擊！

鶴佬哥想再次飛出飛刀，他沒有留意在場還有另一個人！

「去死吧！」

消水一個斧頭斬在他的手臂上！鶴佬哥立即向後縮，逃過斷手一劫！

他的眼睛被弄傷，沒法正確判斷位置，而且現在對手是兩個人！

他……立即選擇逃走！

消水也受傷，也沒有追上去，他痛苦地坐在地上。

月側看著消水，緊握著武士力，他不會讓任何人傷害兩個女兒。

「爸爸斧頭佬是好人！」映雪說：「他救過我們！」

映霜走向了消水，月側想阻止也阻止不了。

「吃吧！補血的糖果！」映霜說。

消水看了一看紅色的糖果，然後吃下。

「啊？看來真的不痛了！哈哈！」消水笑說。

然後他看著月側，笑了。

CHAPTER 08 11 VARIANT

洗車屋前。

閩南仔殺死了仁偉，在他的腰間拿走了他的手槍。

「嘰嘰嘰，是真槍呢。」他看到槍內只餘下一顆子彈。

此時，有一個男生正好逃避怪體經過，男生看到仁偉躺在血泊中，身體被刀貫穿，大概已經知道發生了什麼事。

他想起仁偉和消水一直也沒當他是怪物，還讓他繼續留在便利店，除了他小時候死去的哥哥，沒有人會對他這麼好。

他是朱大勇！

當他看到仁偉的屍體……非常憤怒！

閩南仔發現了大勇，他用手槍指著他：「別要逃！不然我開槍，嘰嘰嘰。」

「為什麼……為什麼要殺死仁偉？」大勇緊握著拳頭。

「你們煩不煩？總是問為什麼為什麼。」閩南仔奸笑：「因為好玩，這個世界太好玩了！」

多年前，鶴佬哥與閩南仔已經在內地殺了至少十二個人，後來他們潛逃到香港，一直用另一個身份住在太和邨。

太和邨的封鎖、怪體的出現，讓他們再次重拾當年的獸性！

「畜生！」大勇生氣地大叫。

「砰！」

閩南仔完全沒有猶豫，最後的一發子彈打入了大勇的胸膛！

「畜生又好，禽獸又好，現在生存下去的人……」閩南仔露出邪惡的眼神：「是我，嘰嘰嘰！」

大勇中槍倒在地上，閩南仔也不能逗留，因為槍聲會吸引其他的怪體。

他走到大勇身邊，又想在死人身上搜索有用的物件。

突然！中槍的大勇一手捉住閩南仔的手臂！他張開了眼睛，瞳孔完全放大，口中長出尖牙！

「媽的！」

閩南仔立即用刀插入大勇中槍的位置！

「去死！去死！去死！去死！」

大勇捉著閩南仔的手愈來愈大力！

「你……你怎麼不死？！」

下一秒鐘，一隻斷掉的手臂掉在地上！閩南仔的手臂被活生生握斷！

「媽……媽的！痛！痛！痛！」

他倒在地上痛苦地打滾大叫！

「你是什麼東西？你……」他看著大勇。

大勇的頭上長出了一對像角的東西，同時他的黑色瞳孔變成了紅色！大勇撲向了閩南仔，撕咬他的身體！

閩南仔繼續用刀插入他的身體，可惜完全沒有用！他不斷痛苦大叫，直至再沒有力氣揮刀，但大勇也沒有停止！

有看過食人魚捕食嗎？牠們不把獵物咬剩骨頭絕不罷休！

不知過了多久，大勇終於停下來。

在他眼前的閩南仔，滿身是血，身上的肉已經被咬去，部份位置只見骨頭，臉部也變得血肉模糊！

患有蠶豆症的大勇被感染後沒有立即變成怪體，他直接跳過變成怪體的過程，在極度驚慌與憤怒之時，變種成為更強大的怪物。

就如籃球隊的侯清哲一樣，因為清哲的身體被加入了蠶豆症的基因。

這代表了，在外界的人已經知道變種的事，而且已經開始做活體測試。

無論是由人類直接變種，還是像闊頭怪、飛翼怪體等變種，他們都稱之為……

「怪種」。

突變第二型「怪種」。

不過，「怪種」還可以算是半個人類，怪體會當牠們是獵物，不會當牠是「同類」，就如飛翼怪種被咬一樣，怪體同樣會咬食牠！

大勇身後出現了十多隻怪體，牠們都被聲音吸引過來！

最接近的幾隻，已在大勇的身體上咬下！

「噠！！！」

他痛苦地大叫！

不，是「牠」痛苦地大叫！

CHAPTER 09 集 合

TOGETHER

CHAPTER 09 集合 01 TOGETHER

十八年後。

「妳們兩姊妹，真的當成了遊戲？」女記者問。

她們對望了一眼微笑。

「不是當成遊戲，而是真的是一場遊戲。」家姐說。

「而且是一個童話故事。」妹妹補充。

記者看著漂亮的孖生姊妹，她皺起眉頭在平板電腦上寫著。

「當時，妳們真的相信媽媽是去了天堂？」記者繼續問：「妳們沒有懷疑？」

妹妹搖搖頭笑說：「直至現在，我們都相信，不過我們還未到99等級，沒法去見媽媽而已。」

「妳們當天在學校操場，真的看到媽媽就在妳們身後？」記者看回之前的記錄。

「真的看到，她就像《JoJo的奇妙冒險》的『替身』一樣，一直在守護著我們。」家姐撥撥秀髮。

記者終於忍耐不住笑說：「老實說，當時妳們只有四歲，妳們不覺得媽媽只是妳們幻想出來的嗎？」

「妳有發過夢嗎？」家姐突然問。

「有，當然有。」記者說。

「妳有沒有跟另一個人同時發同一個夢，而且在同一個場景，妳們還可以互動？」家姐問。

「不可能吧，夢都是每個人不同的。」記者說：「而且是分開的。」

「但我們當時一起看到媽媽。」妹妹笑說：「那請問我們都是在發夢嗎？」

記者沒法即時反駁她們，兩姊妹再次對望微笑了。

「好吧，下一條問題。」記者撥動著平板電腦：「對於妳們來說，難忘的經歷有很多，最難忘的是哪一件事？」

她們想了一想。

「家姐妳覺得呢？」妹妹問。

「我覺得是……集合之後。」家姐說：「所有的最強角色集合在一起，對付最後的大魔王。」

「對！這真的很難忘！」妹妹說：「永遠不會忘記。」

記者看著她們愉快的表情，真的不敢相信她們曾經歷過這種可怕的日子，她也不敢相信，她們能夠當這些經歷是……「童話故事」。

看著這兩個二十出頭的少女，女記者想起自己的童年，她在一個單親家庭長大，也算不上是幸福的家庭，曾經也覺得自己是世界上最不幸的人。

但當她看到這一對雙胞胎姊妹，她才發現，比她不幸的人大有人在，而這些不幸的人卻比自己更堅強、更樂觀，她覺得兩姊妹就像天使一樣的存在。

她們就像童話故事中的小天使。

當然，最重要的是，她們所說的故事是真實的，而不是編出來。

「妳們所說的集合之後，大約是什麼日子？」記者問。

「在十二月……」妹妹說：「聖誕節左右！」

……

…

．

十八年前，太和邨安和樓診所內。

還好雨彤曾學過急救，而且診所也有醫療用品，山明暫時沒有生命危險，可惜他的右臂斷掉。

雨彤先回去學校看看情況，而且愛玲想她可以向自清與婆婆報平安，她留下來陪伴著山明。

診所內，只餘下山明與愛玲。

一對住在麗和樓的鄰居。

一個擔心著男生的女生。

一個一直暗戀著女生的男生。

CHAPTER 09 集合 02 TOGETHER

診所內。

「山明，對不起，如果當時……」愛玲坐在山明旁邊。

「不是妳的錯……」山明躺在病床說：「沒有人估到……牠還未死去……」

如果當時山明沒有推開愛玲，也許愛玲已經沒法在這裡跟他說話。

「又是你說別要犧牲自己……」愛玲的眼淚在眼眶打滾。

「我才沒有犧牲自己。」山明撥動愛玲的長髮：「我只是不想重視的人受到傷害。」

愛玲從來也不知道山明喜歡自己，她只是當這位鄰居是大哥哥。

現在這位大哥哥救了她的命。

「你是何時開始……」愛玲帶點尷尬：「喜歡我？」

「就在妳小時候，剛剛開始學射箭。」山明說：「妳在大堂的走廊練習拉弓時。」

當時山明也只是九歲，而愛玲大約六歲，他第一次看到一個女孩子這麼努力去練習，

當時，山明的弟弟還未出世，而父母也經常鬧離婚，他當時做什麼也提不起精神，是愛玲讓他知道，就算父母不在，也不要放棄自己的人生。

「妳入讀康樂中學時，我也一直留意妳。」山明微笑：「我甚至有去看妳的射箭比賽。」

「怎麼我不知道的？」愛玲很驚訝。

「因為我想偷偷的喜歡妳。」山明說：「不打擾去……喜歡妳。」

「傻瓜！」愛玲的眼淚流下。

她捉緊山明的手。

在這個可怕的環境中，也許明天他們就要死，不過，什麼也不重要了，因為他們在這一刻找到了一個喜歡的人。

一個願意為對方犧牲的人。

「可以幫我拿出AirPod嗎？」山明說。

然後，他們一人一隻耳機，聽著山明喜歡的歌曲，《舒特拉的名單》(Schindler's List)的主題曲。

一首很淒怨的純音樂，在淒怨中，卻隱藏著有一份對未來的希望。

鳥山明與張愛玲。

一位日本漫畫家，一位中國小說家，根本風馬牛不相及，不過，現在同名同姓的他們卻……相戀了。

……

：

．

同一時間，雨彤回到康樂中學。

「自清！張婆婆！我回來了！」雨彤說。

沒有人回答她。

她覺得奇怪，小心翼翼地走進小食部。

小食部內亂作一團，枱枱櫈櫈被反轉掉在地上，滿地也是小食部的食物。

發生了什麼事？雨彤舉起了手臂上發射器！

她看到雜物房的門打開了，她慢慢地走進去。

「自清！你們在嗎？」雨彤叫著。

依然沒有人回應。

她慢慢地推開雜物房的門，恐怖的畫面出現在她眼前！

張婆婆被吊起！血水還在一滴一滴流下！她應該才死去不久！

「婆婆！」雨彤想把她放下來，卻不夠力氣。

「喵～」

此時，她聽到了貓的叫聲。

「小白！」

小白在叫著，在牠的面前放著一個貓食物碗，碗內放著……血淋淋的人類舌頭！

小白沒有吃，只是全身在顫抖，好像看見很可怕的事似的！

「小白！發生了什麼事？」雨彤抱起了牠：「是誰？是誰做的？！」

「雨……雨彤……」

她聽到雜物房後方一把微弱的叫聲。

是自清的聲音！

CHAPTER 09 集合 03 TOGETHER

自清滿身是傷，躺在一堆雜物下。

「自清！」雨彤把雜物撥開：「發生了什麼事？」

「那個女人……」自清痛苦地說：「那個叫張開萍的女人，原來她……她就是帶走兩姊妹的人！」

「什麼？！」

自清爬了起來，他看著被吊起的張婆婆眼有淚光：「對不起……婆婆對不起……」

張開萍沒有變成怪體，但就如大勇與清哲一樣變成了突變第二型「怪種」，而且更可怕的是……她還保留著人類的智慧。

她在小食部追殺自清與婆婆，當時自清躲了起來，卻被掉下的雜物壓著身體，而張婆婆不幸被發現，張開萍把她殺死！

自清不敢出聲，只能眼巴巴看著婆婆被殺。然後張開萍把她吊起，斬斷她的手，還割下了她的舌頭餵貓。

本來自清也難逃一劫，卻出現了一種他從未聽過的聲音，變成怪種的張開萍聽到聲音後離開了雜物房，自清也因為頭部撞傷昏迷過去，直至雨彤回來。

自清清醒過後，雨彤替他包紮頭部，然後合力把張婆婆的屍體放下，用白布蓋著。雨彤也說明他們尋找兩姊妹的情況，還有山明手臂斷掉等等事情。

「我們等月側他們回來。」自清說：「不過，我們先躲起來，我怕那個張開萍會回來。」

「好。」雨彤抱著小白摸著牠：「愛玲知道婆婆死去，一定會很傷心。」

「兩姊妹失蹤、山明斷了手臂、張婆婆又死去……」自清低下了頭：「我們真的可以繼續生存下去嗎……」

雨彤也明白他的負面情緒，這個多月來，每天都像在鬼門關徘徊，每個人都身心疲累。

人類是萬物之靈，心靈卻很弱小，只要放棄了希望，就會掉入萬劫不復之地，不是有純真的兩姊妹在，也許他們通通也崩潰了。

「別要放棄，總有生存下去的方法！」雨彤鼓勵他：「而且我也想繼續保護日央兩個女兒！」

日央曾經是她的恩人，她要守護恩人最重要的東西。

「希望她們兩姊妹沒事。」自清表情有點奇怪：「她們還有很多大好的未來呢。」

他說這句說話時，好像不是發自內心。

不過，雨彤沒有看到。

此時，小白突然炸毛看著前方！

「別動！」

槍口已經指著他們！

「沒回來一會，這裡怎麼會變成這樣？」他笑說。

自清面前出現了三個人，說話的人是……大兵！

……

…

．

東鐵鐵路的圍欄處。

我跟那個消防員來到此處，在破壞了的圍欄門看到了血跡。

「是人類的。」消水嗅了一下。

可能是山明他們從這裡回去康樂中學，我們要快點回去才行，希望山明沒有生命危險。

我跟消水一起背著兩姊妹，她們已累得睡著了。

「你有沒有孩子？」我一面走一面說。

「我有一個兒子。」他說：「六歲。」

「我很佩服你。」我說：「我說你做消防員。」

「為什麼呢？」

「從前的我，天不怕地不怕，甚至有一點正義感。」我苦笑：「但當我有了兩個女兒，我開始害怕了。」

「嘿，我完全明白你的感受。」消水跟我點頭。

我害怕什麼？

我不是怕死，而是害怕如果我不在，她們會變成怎樣？又有誰會像我一樣保護她們？

所以我很佩服他，做一份在生死邊緣徘徊的工作。

「如果你不介意，長大後我介紹我的兒子給你女兒認識吧。」消水笑說。

「才不要！」我認真地說。

我們對望了一眼，笑了。

我們心照不宣，消水當然明白我拒絕的原因，沒有一個爸爸會捨得女兒離開。

我怎可以把兩個寶貝隨便交給別人？嘿。

我跟消水蠻聊得來，而且他對於現在的環境非常熟悉，懂得如何避開危險，如何生存下去。

天色也開始變亮。

很快，我們已經回到了康樂中學。

CHAPTER 09 集合 04 TOGETHER

我們回到小食部，看到兩個我不認識的人，其中一個臉部被灼傷的男人還拿著自動步槍！

「你是誰？！」我高度戒備。

在這個環境生存，陌生人比怪體更危險，就如那個想傷害映霜的男人一樣，他們不像怪體一樣只想進食，而是為了不同的原因去侵略、攻擊，甚至殺害其他人類！

「老兄？你不認識他們？」消水緊握著斧頭。

「不認識！」我用武士刀指著他們。

「沒問題。」消水已經準備攻擊：「我引開他，你攻擊！」

「等等！」那個穿著軍人制服的男人放下了自動步槍，舉起雙手：「我不是來對付你們，也不是想侵佔你們的地方！」

「爸爸，發生什麼事？」在我背上的映霜被吵醒。

「映霜沒事，妳先下來好嗎？躲在我背後！」我的視線沒有離開過那個男人。

「映霜？」男人出現了一個懷疑的眼神：「是彰映霜？」

我呆了一呆，為什麼他知道我們的姓氏？

「月側！」雨彤從更衣室走了出來：「他們不是敵人！沒有傷害我們！」

「究竟發生了什麼事？」我問：「山明呢？」

「他們的人在更衣室替山明治療。」雨彤說：「現在他正在休息。」

「啊？你不就是彰生？還有孖女！」

一個中年男人走上前，他是麗和樓的保安權叔，他已做了多年的保安，一直看著兩姊妹，甚至我長大。

「權叔！」我放下了手上的武士刀。

「見到你太好了！你們都沒事太好了！」權叔擁抱著我。

「看來是一場誤會吧。」消水看著那個軍人。

「當然，消防員大哥。」大兵微笑跟他握手。

我先安置好兩姊妹，她們一路以來也很累了，映霜在打喊露，而映雪還未醒來。

我們生了一個火，圍著火堆坐著。

雨彤跟我說了在學校發生的事，那個叫張開萍的女人，變成了怪體殺死了張婆婆，而且她還說自己就是拐走兩姊妹的人。

我完全沒有想到。

愛玲非常痛苦，一直在禮堂外守著張婆婆的屍體。

「都是我的錯……我不應該叫自清帶那個女人回到學校！」我緊握著拳頭：「我對不起愛玲！對不起婆婆！」

「月側別要怪責自己，不是你的錯。」雨彤說。

「如果是我也會選擇救人。」消水說：「至少，這樣可以讓我留有一點的……人性。」

「但……」

「愛玲沒有怪你。」一把聲音從我後方傳來：「如果不是你引開那隻會飛的怪體，我們一早已經死了。」

是山明，自清扶著他走過來，還有那個叫李德明的老師，他有讀過急救，給山明做了基本的治療。

「月側，知道你跟兩姊妹沒事，真的太好了。」自清笑說。

他們也坐到火堆旁邊。

我明白他們希望我不要自責，不過，我還是覺得自己做錯了。

「麻煩幫我看著兩姊妹。」我跟大家說：「我想去跟愛玲說句話。」

他們點點頭。

我走到了禮堂前，愛玲發現了我。

「愛玲，對……」

我還未說完，她已經站起來用力地抱著我大聲哭泣。

失去親人的痛苦，我非常明白，就像切膚之痛。

「對不起，是我……」

她在不斷搖頭，我知道她想向我表達不是我的錯。

我靜靜地讓她抱著我痛哭，我甚至不敢移動與退後半步。

不知道過了多久，愛玲終於停止了哭聲。

「月側，我沒有怪你，是真的。」愛玲抹去了淚水：「這次是我最後一次任性地哭泣。」

「這不是任性，這是一種抒發痛苦的方法。」我拍拍她的頭。

「你可以幫我做一件事嗎？」她問。

「沒問題，做什麼也可以！」我說。

「別要阻止我……替婆婆報仇！」她的眼神變得非常堅定：「就算有危險也不要阻止我！」

我沒想到她有這個請求，愛玲的確是一位非常堅強的女生。

甚至比我更堅強。

「沒問題！」我說：「那個叫張開萍的女人，我們找到天腳底也要找到她！」

不只是愛玲，我也要為死去的婆婆報仇！

CHAPTER 09 聚合 05 TOGETHER

五天後。

我們本想離開小食部找另一個地方作為基地，不過，得到大兵與消水的幫助，加固小食部的外牆，最後我們決定留下來。

其實去那裡也沒用，也許，根本就沒有一個地方是安全的。

那個殺死張婆婆的女人再也沒有回來，山明的傷勢有好轉，而我們安葬好婆婆後，愛玲也從痛苦中走了出來。

我、愛玲、山明、自清、雨彤、消水、大兵、李德明、權叔，還有在跟小白玩的映雪、映霜，我們圍在火堆前。

很快就到聖誕節，天氣已經轉冷，甚至可以呼出霧氣，火堆正好用來取暖。

這幾天，大兵他們都很幫忙，我覺得他們是值得信任的。

在火堆前，我們開始交換自己所知的情報。

我分享了我們不會變成怪體的原因，還有遇上了變種的怪體橫頭怪與飛翼怪體，原來大兵臉上的傷痕就是橫頭怪的所為。

他們也發現沒有停電的原因，全部的「天眼」都正常運作，這證明了我們一直被監視。

「用濾水器真的不會變成怪體？」消水很好奇：「那不就已經解決了病毒的問題？」

「已經一個多月，我相信外界的人早已經知道，但他們還是封鎖整條太和邨，也許濾水器未必是解決病毒的最好方法。」我說：「而且他們應該還未研發出疫苗。」

「你的推理很正確。」消水說。

消水也分享了自己的事。

他有一個警察朋友叫仁偉，也是救了兩姊妹的恩人，現在生死未卜。如果可以見到他，我一定會好好感謝他。

另外他說最初他想用消防車穿過電網牆，可惜被軍方的人射殺，他有幾個手足也因此而死去。

「他們絕對不讓我們出去。」消水說。

「因為如果病毒在世界傳播，將會一發不可收拾。」山明說。

我想起了新冠病毒的那年，某些國家甚至不讓人出門，還用燒焊器封鎖大門。

「當然不會讓我們出去，要死的都是太和邨的居民。」德明說：「就如電車難題。」

電車難題就是把五個人綁在軌道上，電車將要碾過他們，有一個人可以改變列車軌道的操縱杆方向，列車會切換到另一條軌道上，那條軌道就只有一個人。

現在，你就是那一個控制操縱杆改變方向的人，現在有兩個選擇，一、是什麼也不做，讓列車按照正常路線碾過那五個人，二、是拉下操縱杆，改變為另一條軌道，列車將會壓過另一條軌道上的那個人。

對於外界的人來說，最大的利益當然是「拉下操縱杆」，不讓身處在太和邨的人走出去。

另外消水還說，他們有一個叫大勇的學生，患有蠶豆症，他被感染了卻沒有變成怪體。

「大勇？是跟我在康樂中學讀書的朱大勇？」愛玲問。

「他好像有說過在康樂中學讀書。」消水說：「他也是第一批發現居民自殺的人。」消水說，他的瞳孔依然會放大，最初大勇也沒法控制自己，後來慢慢地他已經可以控制，一直也沒有變成怪體。

「就像張開萍！她也沒有變成怪體！瞳孔卻放大，而且力氣也變得很大！」自清說。

我看著愛玲，她聽到張開萍的名字緊握著拳頭，我拍拍她的肩膊鼓勵她。能夠把婆婆整個吊起，她的力量應該不少。

看來，不只是怪體變種，人類也開始出現了……「變種」的情況。

CHAPTER 09 06 集合 TOGETHER

我們繼續分享所知，老實說，過了這麼長時間，這晚是我覺得最安心的一晚，可能是因為消水救了兩姊妹，大兵他們也治療了山明，我感覺到他們都是值得信任的人。

大兵說家和閣的天台是他們的基地，大約有三四十人留在安全的地方，他們都各有自己的職責，他們三人就是出門的偵察隊。

這證明了同心合力，的確可以在這個逆境中生存下去。

不過，最讓我感到意外，他從天台看到整個大埔也沒有人，我們也曾經上過麗和樓的天台，也發現不到任何人，一直也讓我感到疑惑，現在大兵他們給了我一個意想不到的答案。

「不會吧！都是假的？」雨彤不敢相信。

不只是他，我們幾個，還有消水也沒法完全相信。

「真的有這樣的科技？」我問。

「你相信他們可以撤離整個大埔二三十萬人口？還是相信我們只是一個金魚缸？」大兵反問。

他的說話不無道理，我們開始討論著這是怎樣的科技，最有可能是巨型投射影像。

「他們一天就可以加建電網牆，加設投射影像幕不是沒可能，而且我們都是在之後才發現大埔區沒有人，他們有更多時間準備。」大兵繼續說。

「問題是為什麼要這樣做？」自清問。

「我曾經都有同樣的問題！」權叔看著大兵：「你解釋吧！」

「如果沒有估計錯誤……」大兵認真地說：「投射影像是雙向的，在外界的人也不知道我們現在太和邨的情況。」

「外界的人也以為太和邨只是普通的病毒傳播。」山明說出了重點：「不，應該是外界不知道太和邨內有怪體出現。」

如果外界知道我們的情況，這個惡劣的環境已經超出了人性的極限，我相信不可能沒有人反對，必定會有人來救援。

現在已經有一個月沒有收到任何的消息與物資。

這代表了大兵的說法更加可信，根本就沒有人知道我們現在的情況，軍方與生化部大可用美麗的謊言去掩飾所有真相。

「我們已經不能依靠外界，甚至不能對他們存有任何希望。」德明說：「要自救。」

「而且我們的敵人不只是怪體，還有那些他媽的把我們困在這裡的人。」大兵說。
「的確！不當我的手足是人去射殺！」消水表達出憤怒：「他們根本不是人！」
「問題是我們要如何自救？」我看著在操場玩耍的兩姊妹：「還有什麼方法？」
不能讓她們有危險，在她們的心中，現在還是一個……童話故事。
「有兩個方法。」大兵拿出了一張地圖：「一是想方法逃走，二是得到他們沒有的情報交換離開的條件。」
那張地圖是……大和邨的地下水道路線圖！
此時，兩姊妹抱著小白走向我們。
「喵～」
「爸爸開完會了嗎？我想愛玲姐姐陪我玩啊。」映霜說。
「很快了。」我笑說。
「你們是不是在討論自己的等級？」映雪說：「現在我跟妹妹已經75級了！」
「75級很厲害！」映霜可愛地指著自己說。
在場的成年人看著她們都笑了，她們就是我們的「開心果」，救贖了我們的心靈。
在現實的世界，人愈大愈痛苦，因為我們要面對很多的煩惱事，我們漸漸地忘記了小時候的「童心」。

所以我們更加明白還能擁有童心是多麼可貴的事。

「對，妳們來得正好！」大兵再拿出一樣東西。

是一幅孩子畫的畫。

「妹妹，這是妳畫的嗎？」

CHAPTER 09 集合 07 TOGETHER

映霜看著圖畫，可愛地點點頭：「是我畫的！」

我也看著圖畫，畫中有一個頭很長很長的小孩，全身也是黑色。

「等等……」我拿過了圖畫認真地看。

這個長頭的小孩，不就像是……怪體？！

我記得映霜曾畫過一幅一家四口坐在蘋果樹下的畫，在小屋的後方也畫了一個全身也是黑色頭很長的小孩！

「映霜，這個人是誰？」我緊張地問。

「是小黑！」

「誰是小黑？」

「就是被斧頭佬他們嚇走的小黑！」映霜說。

「對啊！他是妹妹的朋友，也是我的朋友！」映雪說。

「消水……你也見過牠？」我指著畫紙。

「當時我們以為牠想傷害兩姊妹，我們用尖木棒傷了一隻全黑的小孩怪體，之後被牠逃走了。」消水托著腮說：「她們一直也說牠是自己的朋友……」

「怎可能是朋友……」我瞪大了眼睛。

「爸爸，小黑是我的朋友！」映霜帶點生氣：「我們常常一起玩煮飯仔！」

「而且小黑在太和廣場救過我們啊！他才不是壞蛋！」映雪說。

她們說了在太和廣場上層發生的事，當時映霜所說的「朋友」對付怪體，兩姊妹才能穿過太和邨的另一邊。

「我們找兩姊妹時也有到過太和廣場，的確有很多怪體，如果不是有人幫助，她們不可能通過。」山明說。

山明說得沒錯，而且我不覺得她們在說謊。

「映霜妳是在哪裡認識小黑的？」愛玲問。

她看了我一眼，她用「小黑」來形容那隻怪體，就是想兩姊妹信任她，然後把更多的事告訴我們。

「電錶房！」映霜想了一想說。

「我們麗和樓十一樓的電錶房？」愛玲問。

「對！藍色門的電錶房！」

我想起曾經聽到電錶房傳來拍打聲，原來……原來真的一直有東西在電錶房內！

映霜所說的「小黑」，不是她幻想出來的朋友，而是真實的存在！

就是那一隻全黑的小孩怪體！

「我想她畫這幅畫時，還未有怪體出現。」大兵看著那幅畫：「也許她遇上的小孩怪體，就是怪體的……『源頭』。」

我想也沒有想過，我的女兒是最先發現怪體的人。

「如果可以找到那隻小孩怪體，就可以用情報交換的方法，讓軍方放我們離開。」德明說。

我大概知道他的想法。

他想利用映霜來引出那隻黑色小孩怪體，然後把牠捉住交給軍方！

「這樣太危險了！」愛玲抱著映霜，她也想到他們的想法。

「對！我們不知道那小孩怪體會不會傷害她！」自清說。

「別要誤會，我們只是提出方法，我們也不想傷害到這位妹妹。」德明說。

「軍方的人是否會跟我們交換也是另一個問題，所以我建議用第一個方法。」大兵指著地下水道的地圖。

大兵的說話，是為了讓我們選擇，他不想硬來。

「等等……」山明把我的畫拿過來看，他指著畫中小孩額頭的位置：「映霜，那個小孩怪體的額頭上有交叉疤痕？」

「對啊！小黑只有眼睛與這個位置不是黑色的！」

山明整個人也呆了。

如果沒有注意圖畫，我們根本沒有察覺額頭上有一個小小的交叉疤痕。

只有知道這個「交叉疤痕」來源的人，才會察覺這……微不足道的地方。

CHAPTER 09 集合 08 TOGETHER

「五年前，我失蹤的弟弟……」山明瞪大眼睛：「都有相同的疤痕！」

全場人聽到也呆了。

「會不會是人有相似物有相同？」權叔說。

「我不知道……如果他還在，應該已經六歲！」山明問映霜：「映霜，妳說的小黑有沒有說自己是從哪裡來的？」

「他不懂說話啊！」映霜說：「我不知道！」

「太奇怪了……」雨彤在思考：「如果小黑真的是你失蹤的弟弟……即是說怪體的出現也許跟你們麗和樓有關！」

我、愛玲、山明，還有自清都呆了一樣看著她。

怎可能有關係？

不過事實就是，所有的「問題」都像在圍繞著我們似的。

我們全部人也沉默不語。

此時，兩姊妹又再打破了我們的惶恐與焦慮，映雪在消水的胸前貼上一張貓貓消防員的貼紙，還有德明是貓學者、權叔是貓戰士。

映霜走到大兵的面前。

「你不怕我嗎？」大兵微笑說。

因為大兵臉上被灼傷，一般的孩子也很害怕這樣的一張臉。

「我才不怕刺客啊！」映霜把貓刺客的貼紙貼在他的身上：「爸爸，他們是幾多等級？」

我傻笑了。

「嗯……德明老師是76級、權叔是68級。」我看著消水與大兵：「他們兩個已經是80級了！」

「嘩！80級很厲害啊！」映雪說：「我跟妹妹才75級！」

「權叔叔你要努力啊，你只有68級是我們中最弱的！」映霜拍拍權叔，好像在安慰他一樣。

「權叔，看來你真的要努力了，哈哈！。」德明笑說。

「對對對，哈哈，我要更加努力！」權叔摸摸後腦傻笑。

我們全場人也在笑了。

日央如果妳還在，應該會是笑得最高興的人，兩姊妹就像是我們這群徬徨無助的人，最純潔的心靈救贖。

映雪從她的小書包拿出了一本簿，我一直也不知道小書包是放什麼的。

她在簿上用顏色筆畫了我們的卡通人物，還寫上了大家的等級。

我是78級、山明77級、自清76級、愛玲76級、雨彤76級，然後是她們兩姊妹75級，現在她加上了德明76級、權叔68級，還有消水與大兵80級。

在最下方，一個像天使一樣，頭上有天使光環的女人，她寫著99級。

她是日央，她們兩姊妹正向著99級的目標進發。

在場的人都被她們兩姊妹感染，大家都跟她們開始玩起來。

此時，山明走到我身邊。

「月側……」他認真的跟我說：「我想證實那個小孩……」

我阻止了他繼續說下去，他還以為我會拒絕。

「我們一起把他找回來！」

不用多說，山明笑了。

我最緊張的當然是兩姊妹的安危，不過，我更明白山明的心情，他想找回自己的親弟，就和我那時想找回兩個女兒的心情一樣。

在安全的情況之下，我會幫助山明找出那隻小孩怪體！

CHAPTER 10 行　動

ACTION

CHAPTER 10 01 行動 ACTION

一星期後。

我們已經做好準備，分成了兩批隊伍去進行我們的計劃，德明、權叔、愛玲、自清探索地下水道。

雖然地下水道是未知領域，不過怎說也比地面安全，至少不會有無數的怪體出現。

在三天前，我們去了寶雅苑籃球場，本來的軍營已經變成了廢墟，不過那裡有很多武器和有用的物資。

感覺就像玩開放世界遊戲獲得武器一樣，我想起了《艾爾登法環》(Elden Ring)這遊戲，一個至少要死幾百次的超難ARPG遊戲，每次死去，映雪映霜都會在我身邊大叫「爸爸又死了」！

遊戲世界可以Continue，不過在現實的世界，我們只有一條命，要更加的小心。

就像玩《Diablo》最高難度的專家模式一樣，死一次，角色永久刪除。

槍械對於我們來說沒有太大用途，因為怪體會被聲音吸引，我們把槍械以外的武器收歸旗下，而最重要的是一台軍用對講機。

雨彤留守在康樂中學，軍用對講機需要一個中傳站，她要成為我們的橋樑，當然還有小白陪伴她。

我、消水、大兵、山明，還有映雪映霜是第二梯隊。大兵與消水的加入，就如玩遊戲時獲得的重要角色同伴一樣。

而山明雖然斷了手臂，不過他還是有一定的戰鬥力。

至於映雪映霜是最重要的人物，她們就是找尋黑色小孩怪體的**關鍵**。

而且，她們是最強的治療師。

老實說，沒有擔心是假的，不過有消水與大兵在，我比較有信心，而且她們還是留在我身邊我才比較安心。

畢竟消水與大兵兩個都是80級的強者，嘿，不是嗎？我的寶貝女。

我也把兩把細細的小刀交到她們手上，如果日央知道一定會反對，不過，現在的環境已經別無他法。

我們要如何找到那個小孩怪體？

我們決定先去兩姊妹最後一次見到牠的地方，就是太和邨的另一邊，愛和樓附近，我們遇上飛翼怪體的位置。

當然，我跟消水與大兵說好，如果遇上什麼危險，首要的不是戰鬥，而是逃走。

東鐵太和站對出商場。

「OVER！聽到嗎？」我說。

「主台收到！」雨彤說。

「一隊也收到。」大兵說。

我們每個人也戴上了耳機接收大家的訊息。

「已經一個多月沒有這樣跟別人聯絡過。」消水說：「嘿，就像當年剛剛有手提電話的感覺。」

「別要暴露你的年齡。」愛玲說。

「我第一台手機已經是智能手機了。」自清說。

「騙人，別要扮年輕吧。」山明說。

「我應該是……Nokia鬍刨王。」德明說。

「鬍刨王？什麼東西？」愛玲問。

「年輕真好。」我微笑：「我是Sony Ericsson 768。」

「你們別跟我鬥早了，我是用大哥大！」權叔說。

「你贏。」消水奸笑：「我也只是和記天地線。」

「什麼是天地線？」山明問。

「天地線要在接受站範圍150米才可以打電話，而且只可以打出，不可以打入。」消水解釋。

「這也叫電話？！」自清問。

「噓！」

我們沒有再說下去，各人也靜了下來，因為大家也知道，不能說話的原因。

我回頭跟兩姊妹做了一個安靜的手勢，她們點頭。

在太和站月台，出現了大量的怪體！

CHAPTER 10 行動 02 ACTION

地下水道。

自清他們知道月側不能說話，他們按下了靜音，不想騷擾到對方，只要通知雨彤，兩隊人就可以再次聯絡。

他們也開始行動。

從康樂中學的坑渠位置出發，地下水道比想像中寬敞，不過環境昏暗，他們要拿著手電筒前進。

「我們先走這邊，地圖顯示可以離開太和邨的路徑。」德明用電筒照著地圖。

「就是向麥當勞的方向走？對？」愛玲問。

「對，然後再向消防局的方向。」德明說。

「也蠻遠的，從太和邨的西面走到東面。」權叔說。

「我們不用走全程，走到半路就可以回頭，然後第二天跟大夥兒再走完全程。」德明說：「現在我們只是探路做標記。」

「放心，我來做標記！」自清拿出噴漆。

「好，我們走吧。」愛玲說。

地下水道的確比地面安全，至少不會遇上可怕的怪體，怪體不會走入沒有人的水道。

他們開始向著東面前進。

「這地方真的很臭！」權叔說。

「沒辦法，沒有陽光，細菌積聚就會有臭味。」德明說：「不過人類的嗅覺很快會適應。」

「OVER，一隊情況如何？」雨彤問。

「風平浪靜。」自清在牆上噴漆：「沒有怪體的出現，只有老鼠。」

「老鼠也很可怕！」雨彤說。

「的確，有時老鼠比人類更可怕。」自清奸笑。

突然，前方傳來了水管被敲打的聲音！

大家也心跳加速，愛玲用電筒照向聲音的方向！

什麼東西也沒有。

「可能只是水管內部的聲音，沒事的。」德明安慰大家：「繼續走吧。」

他們一面走一面聊天，希望令氣氛不會太過沉重。

「愛玲，你記得當時我叫妳到保健室嗎？」德明說：「蔡紫雲當時想見妳。」

「我記得，紫雲是第一批被感染的人。」愛玲擔心：「現在也不知她怎樣了。」

「當時有一位男社工，妳記得嗎？」德明說：「他當日只是第一天來到學校上班。」

「我記得他。」愛玲回頭說：「第一天？那有什麼特別？」

「我也不知道有沒有關係，不過妳未來到保健室時，蔡紫雲的情況還算穩定；直到那個男社工來到保健室，蔡紫雲才開始情緒崩潰。」德明說。

「這是什麼意思？」愛玲不明白。

德明說出當時的情況，本來蔡紫雲只是剛手自殘而來到保健室，當時保健室也有一名駐校護士，但因為蔡紫雲情緒起伏很大，才叫那位男社工介入，正好護士之後離開了保健室，保健室只有他們兩人。

「後來的事妳也知道吧，蔡紫雲把自己的眼球挖了出來。」德明說：「我一直在想，那個年輕男社工是不是做了什麼，讓蔡紫雲變得瘋狂？」

「也許他只是一個新手社工吧。」權叔說。

「我也有這樣想過。」德明托托眼鏡：「不過，之後在保健室發現了不屬於保健室的一支針筒，針筒內的可能是血液。」

愛玲呆了一呆：「針筒？血液？為什麼當時不告訴我？」

「妳只是學生，不需要知道太多，而且當時根本沒有人會想到後來發生的事。」德明說：「最後那些白袍人來到學校，把針筒拿走了。」

「那針筒……不會是怪體的血液吧？」自清問。

「我們不知道。」德明認真地說：「如果針筒內是怪體的血液，然後打在蔡紫雲的身上讓她快速變異，那個新來的社工……」

「就是事件的其中一個開端！」愛玲接著說。

「對！」

他們四個人也寒了一寒，沒想到一個寂寂無名的社工，可能跟太和邨出現怪體扯上了關係！

「我回到學校後，在校務處找到他入職的資料。」德明說：「他的名字叫……**周天富**。」

CHAPTER 10 行動 03 ACTION

太和站月台。

大量的怪體在月台漫無目的遊走，我們小心地不發出聲音在牠們身邊經過。

我走在最後，看著兩姊妹的行動，她們真的很厲害，體形小的她們比我們更敏捷地避開怪體。

太厲害了，而且，她們就只有四歲。

就在我們以為順利通過一堆怪體之時，走在最前的大兵突然停了下來！

他做了一個手勢，我們快速躲在樓梯旁邊。

大兵用兩根手指指著自己的雙眼，然後指指前方，我探頭看了一眼，明白他的意思！

那隻在太和街市遇過的變種橫頭怪就在前方！

牠的眼睛很大，而且可以看到我們！

「閃光燈。」我拿出了手機做了個口形。

我已經告訴他們當時是如何從街市逃走，牠視力很好，卻非常怕光！

山明指著鐵路旁被破壞的鐵欄位置，表示從那裡逃走。

我們點頭，我抱起了映雪，消水抱著映霜，我做了一個倒數的手勢……

三、二、一！

我們立即衝向鐵欄的位置！同一時間，橫頭怪發現了我們！我立即用手機拍照，閃光燈照著牠！

怪物你看到我們又如何？我已經知道你的弱點！

就在我自信滿滿之際……

「什……什麼？」

橫頭怪用手臂擋在自己的眼前！牠懂得擋住閃光燈！

牠的臉上出現了……笑容！

肉藤向著我們飛過來，同時，牠吐出了帶煙的液體！

「小心！」大兵把我們推開：「液體會讓皮膚嚴重灼傷！」

聲音吸引其他的怪體，我們已經沒法靜靜地通過！

一隻怪體撲向我們，山明用手上的桌球棍刀插入牠的頭顱！消水也在斬殺其他的怪體！

「爸爸！」映雪指著我背後。

三隻怪體快要抓到我們！我舉起武士刀把其中一隻斬下！

「媽的！」大兵向著其他怪體開槍。

橫頭怪的肉藤再次攻擊我們！

我立即轉身緊抱著映雪，背部被肉藤擦過！皮開肉爛！

「呀！」我大叫。

「爸爸！」映雪擔心地叫著我。

消水用斧頭斬斷肉藤：「快逃！」

我們不能久戰，快速走向鐵路的月台，我先跳下路軌，然後把兩姊妹抱下來！山明在月台上斬殺怪體保護著她們！

我在路軌看著月台上數十隻怪體像餓鬼一樣衝向我們！

我只可以用瘋狂來形容這個畫面！

大兵用自動步槍四面掃射，直至子彈用盡！

「大兵快下來！」我大叫。

「總要人殿後吧，嘿。」大兵雙手拔出兩把軍刀：「而且我也要……報仇呢。」

「不，這樣你……」

「月側，走吧！」消水捉住我的手臂。

我看著無助的兩姊妹，緊握著拳頭回頭說：「你報完仇快來找我們！」

「當然！」大兵看著橫頭怪：「讓我毀容嗎？現在到我來把你煎皮拆骨！」

他一刀插入了撲向他的怪體頭顱，然後是第二隻、第三隻……

「來吧！本大爺就在這裡！」他大叫。

這麼多怪體出現，大兵根本就是九死一生，他要吸引其他的怪體，讓我們有時間逃走！

最後一眼，我看著他衝向了橫頭怪！

CHAPTER 10 行動 04 ACTION

太和邨麗和樓十一樓。

月側所住的1112室對面，1113室是姓周老夫妻的住所。

大門傳來了一下一下的撞擊聲音，有一個人，把一個網球重複掉向木門而發出聲音。

在走廊的怪體被吸引，走向了1113室。

單位內，周老夫妻已經倒在血泊之中，屍體還傳來一陣臭味，而且佈滿屍蟲，看來他們已經死去了很久。

一個網球再次打中木門，然後回彈。

單位內還有一個人，網球回彈到他的手上，男生單手接著。

「嘰嘰，餓了。」他看看手錶，一隻錶面玻璃破裂，已經停頓的手錶：「你們在外面真吵。」

他走向了門口，打開了木門，怪體從鐵閘伸手抓向他。

「噠……噠……噠……」

男生用一把刀斬下其中一隻怪體的手臂！然後……他一口把手臂咬下！

他的瞳孔開始放大，而且由全黑變成了紅色！

「很難吃。」男生不斷的咀嚼爛肉：「真的是他媽的臭肉。」

他的身體開始出現變化，全身長滿像魚一樣的鱗片，臉上的肌肉收縮，出現一條一條像蟲的肉柱，噁心至極。

他也是突變第二型「怪種」？

男生吐出了手臂的爛肉，他一手伸出鐵閘外，怪體瘋狂地在他的手臂上咬著。

他一點也不介意，然後捉住了一隻女怪體的頸，然後用力把牠拉到自己的面前。

「希望妳會比較好吃，嘰嘰。」

他的尖牙伸出，一口咬住女怪體的臉頰，血水噴在鐵閘上！

沒錯，他也是突變第二型「怪種」！

以前，他不時會住在麗和樓的1113室，而且跟月側也有見過面，他的名字是……

……

……

.

地下水道。

「周天富？」愛玲說：「沒聽過這個名字。」

「一切都是這個社工所做的？」權叔說：「我真不明白他為什麼要這樣做？」

「人有很多原因去破壞世界的秩序。」自清說：「或者是一個我們想像不到的原因。」

「所以學校教你們要守規則，就是不想你們破壞秩序。」德明說。

「老師你錯了。」自清說：「要學生守規則，只是為了教出倒模一樣的人，然後在世界上為有權有勢的人循規蹈矩地打工，直至做到死，也依然循規蹈矩。」

「我有點同意自清的說法，哈哈！」權叔說：「我們都只是社畜而已。」

「也沒辦法，這就是現在的社會。」愛玲帶點無奈。

「不，也不是沒辦法。」自清微笑：「只要進行一場『大洗牌』就可以了。」

就在他們聊得興起之時，前方再次出現了水管被敲打的聲音！

而且聲音不斷地出現！

「發……發生什麼事？！」權叔用電筒照著地下水道深處。

聲音愈來愈接近，直至他們看到聲音的來源！

一群原本被鐵鏈鎖在水管上的怪體，快速衝向他們！

「為什麼……為什麼地下水道會有怪體出現？！」德明驚慌地說。

「什麼原因也好……」自清說：「現在只能夠……快逃！」

CHAPTER 10 行動 05 ACTION

車站月台上。

大兵沒有逃走，他反而衝上前，攻擊橫頭怪！

他已經有必死的決心，因為只要被弄傷，他也會很快變成怪體，大兵已經決定到時自我了結！

橫頭怪伸出了肉藤攻擊，大兵一刀把它斬下，他快速在地上滑過牠雙腳胯下，然後跳上了橫頭怪的背上！

「媽的！毀我容嗎？」大兵緊握兩把軍刀：「現在到我毀你！」

他用軍刀瘋狂地插入橫頭怪的臉上，肉血橫飛！

牠痛苦地大叫，用力把大兵摔了下來！

牠的眼睛已經被刺盲！沒法看到大兵的位置！

大兵拿出一把手槍，向著牠腐爛的頭部不斷開槍！直至子彈全部用完！

橫頭怪的頭顱整個被打飛，雙腳跪在地上……死去！

「嘰嘰，別要小看我們……人類！」大兵高興地說。

可惜，他只能高興半秒，大兵已經被其他怪體包圍，他已經沒法逃走！

「來吧。」大兵準備好戰死：「死在這裡真不像話，嘰嘰。」

怪體蜂擁而上，大兵緊握軍刀，準備好人生最後一戰！他的腦海中出現了辛苦成為軍人的片段，同時，出現了兩姊妹的可愛笑容。

他心想，雖然死在這裡不像話，不過，至少他救了兩個可愛的女孩……也是值得的！

突然！

像風一樣快的東西，在他與怪體中間越過！

同一時間，那些走在最前方的怪體全部都被攔腰斬下，內臟與大小腸全部掉到地上！

大兵根本不知發生了什麼事！只能呆了一樣看著眼前被分成一半的怪體！

「你還在呆什麼？」一把女生聲音。

大兵看著她……

他在體育館見過這個女生！她是被困在體育館的其中一人！

她就是被放回太和邨的趙欣琴！還有⋯⋯侯清哲！

大兵看著剛才快速斬殺怪體的人，他至少身高六呎，手臂長出了骨刀，全身的皮膚腐爛，卻全是健碩的肌肉！

他的瞳孔變成了鮮紅色，侯清哲也變異為突變第二型「怪種」！

「快走！」欣琴說。

「這邊！」大兵說。

雖然大兵不知道在他們身上發生了什麼事，不過，現在更重要的是逃走！他快速跳下了月台，大兵要追上月側他們！

⋯⋯

⋯

．

另一邊廂。

我們來到了愛和樓，走進了銀龍茶餐廳，餐廳沒有怪體，可以暫時在這裡躲起來。

我們都知道大兵的情況九死一生，大家的心情也很忐忑。

「大兵哥哥會回來的！」映雪說。

「對啊！他的等級很高，很厲害！」映霜說。

我摸摸她們的頭微笑，鼓勵我們的人竟然是她們兩個。現在已經沒有退路了，只能繼續按照計劃進行。

我跟消水與山明點點頭，他們明白我的意思。

「好吧！下一步就是把小黑引出來！」山明說：「妳們準備好嗎？」

「準備好！」她們一起舉手。

我面有難色，本來，大兵也在的話會比較安全，現在少了他，我有點害怕。

「怎樣了？」消水發現我的擔心：「現在取消行動也可以。」

「對，沒問題的。」山明拍拍我的肩膊：「如果你不想冒險，確認我弟弟的身份也可以之後再說。」

我看著兩姊妹，她們已經從背包拿出東西準備。

我相信兩姊妹，她們不會說謊，那個叫小黑的，是她們的朋友，不會傷害她們。

「計劃繼續進行！」我堅定地說。

她們滿滿的背包，除了映雪的記事畫簿之外，還有什麼？

有什麼「秘密武器」？

「爸爸我們準備好了！」映雪高興地說。

「很好！現在出發吧！」我笑說。

沒錯，他們的秘密武器就是……「玩具」。

煮飯仔玩具。

CHAPTER 10 行動 06 ACTION

地下水道內。

不只是前方，地下水道的不同方向都傳來了怪體的聲音，自清他們只能沿路折返！

「不可能的，怪體怎可能在地下水道出現？！」德明一面跑一面說。

「會不會是有人打開了坑渠蓋讓牠們進來？」權叔說。

「就算是這樣做，牠們都不會走進來，因為這裡根本沒有『食物』！」愛玲回身向一隻怪體射了一箭。

此時，怪體從暗處撲向了自清，他倒在地上！

「去死！去死！」自清立即用發射器發出短箭。

德明用棒球棍重擊怪體的頭部，權叔把自清拉起來繼續逃走！

「你們那邊發生什麼事？」耳機傳來了月側的聲音。

「地下水道滿是怪體！」愛玲繼續射箭：「數量很多！」

「怎可能？」消水在耳機說：「牠們應該不會去沒人的地方！」

「暫時未知原因！」德明攻擊一隻埋身的怪體：「放心，我們可以逃出去，你們忙你們的！」

「這邊！」權叔指著一個凹槽的位置：「我們躲起來！」

他們快速走到凹槽的位置，全部安靜下來！怪體在他們的前面經過！不過，因為數量太多，有些怪體沒有走開，擋在他們的前方！

德明做了一個安靜的手勢，此時，愛玲慢慢地再次拉弓，她的目標是在對面的水管。

她瞄準水管，弓箭穿過前方的怪體射入了管道，水洶湧地流下！水聲吸引著怪體，跑向了發出聲音的位置！

「愛玲妳真準！」自清微笑說。

「謝謝讚賞，快走吧！」她說。

他們說話的聲音被水聲蓋過，沒被發現！

他們一行四人立即走回頭路，此時，愛玲發現了地上剛才被德明重擊頭部的怪體⋯⋯

「怎會⋯⋯」

「快走吧，還看什麼？」權叔說。

「不……你們看清楚……」愛玲指著那些被水聲吸引的怪體。

「為什麼會這樣？！」德明也發現了問題所在。

剛才他們慌忙逃跑沒有看清楚，現在他們才發現，那些怪體跟太和邨的居民完全不同！

牠們全都不是亞洲人，而是……**黑人！**

為什麼地下水道會出現怪體？而且是黑人？

只因牠們才是真正「第一批」被感染的人類……

第一批「實驗品」！

……

……

．

愛和樓對出的空地。

我跟兩個寶貝女正在玩……煮飯仔。

映霜說，她跟家姐在走廊電梯大堂玩煮飯仔，小黑有時會偷偷走出來，還會吃下她做的塑膠煎蛋。

沒錯，是塑膠煎蛋。

我相信映霜，她不會說謊，所以我們決定用這方法引牠出來，消水與山明就在附近守護著我們，有什麼不對勁的，我們立即逃走。

「爸爸，這是西蘭花，很有益的啊！」映雪把塑膠西蘭花放在我的碟上。

「哈哈……是嗎？」我傻笑。

我完全沒法投入她們的遊戲，只擔心會不會有其他的怪體出現。

「爸爸喝一點橙汁吧！」映霜把空的水瓶倒在我的杯子上。

「好啊，謝謝！」

孩子的幻想力真豐富。

「爸爸啊！你可以玩得投入一點嗎？」映霜鼓起腮說：「你要喝啊！」

「我喝我喝，沒問題。」我喝著空的杯子：「橙汁很好喝啊！」

「傻瓜爸爸！嘻嘻！這是蘋果汁！」映雪笑說：「不是橙汁！」

「爸爸真的很笨！」映霜在奸笑。

她們又怎知道是蘋果汁？明明是空的……唉，算了吧。

我們繼續玩著煮飯仔，我看著不遠處的山明，他點點頭，表示現在安全，暫時沒有怪體接近。

「不知道小黑何時會出來呢？」映霜說。

「應該很快了！」映雪說：「我也想跟他做好朋友！」

「是我先做好朋友！妳是第二！」映霜說。

「我才不是第二！我是第一啊！」映雪說。

就在她們爭論誰是好朋友之時，在她們身後的草叢出現了動靜！

CHAPTER 10 07 行動 ACTION

一個身影快速地跳躍，很快已經來到了我們的面前！

出現了！

一個全黑的小孩怪體！他的眼睛沒有因為頭部拉長而爆裂，牠全白的眼睛讓牠看起來更像一個「人」！

「小黑！你來了嗎？」映霜高興得站起來走向牠。

我立即阻止她走上前！

「爸爸，小黑是我的朋友，不用怕！」映霜介紹著：「他是我爸爸，他沒有惡意的。」

「Hi……Hi！」我擠出了笑容。

牠緩緩地移動頭部看著我，我的心跳加速，我沒想到映霜會跟一隻怪體在溝通！

「快來吧！來玩煮飯仔！」

映雪走向了牠，她甚至牽著小黑的手！我想阻止也阻止不了！

他們坐了下來，兩個女孩與一隻小孩怪體，竟然在一起玩煮飯仔，我也不知道要怎樣形容這個場面。

是震撼？還是溫馨？

此時，山明慢慢地走向他們三個。

小黑回頭看著山明，山明看著牠額頭上小小的一個交叉疤痕。

「山……山治？」山明的眼眶泛起了淚光：「你是烏山治嗎？」

就算他真是山明的弟弟，被擄走時才只有一歲，他根本不知道自己有一個哥哥。

不過，看著山明的反應，我知道他沒有看錯，這個叫小黑的怪體，就是他的親弟弟！

沒有人知道為什麼山明的弟弟會在這裡出現，更不知道他為什麼變成怪體，但可以肯定的，這隻小孩怪體對人類完全沒有惡意。

山明蹲在牠的面前，然後……單手深深地擁抱著他。

「山治！你回來了！山治！」

映雪映霜也走到他們身邊，一起擁抱著他。

是震撼？還是溫馨？

這個場面一點也不噁心，而是……非常的溫馨。

我看著他們微笑了。

突然！

地上有一黑影掠過！

「月側！」消水向我們的方向大叫。

我立即看著頭上的東西！

是牠！

是那一隻會飛的變種怪體！

……

……

．

康樂中學小食部。

愛玲四人已經安全回到學校，他們知道月側那邊有麻煩，想立即趕過去。

「現在妳去也沒用，路程太遠。」德明說。

「但我們還可以做什麼？」愛玲緊張地說：「看著他們有危險嗎？」

「愛玲，冷靜一點。」自清說。

「對！相信月側他們吧！」雨彤說。

其實她也知道根本不夠時間，她只是擔心他們。

「現在我們的問題也很大。」德明看著桌上的地下水道地圖：「下水道根本沒法走出去。」

「還有那些怪體為什麼會是黑人？」權叔說：「我做保安這麼多年，在太和邨也只見過幾個黑人。」

「我想太和邨的居民不是第一批變異的人。」德明猜測：「他們才是最先成為白老鼠的人類，而且是在地下水道進行實驗。」

德明分析，在些地下水道怪體被鎖住，就是實驗人員不讓牠們離開水道，而病毒來源是「水」，地下水道就是最好的實驗場。

「我有一個假設。」德明繼續說：「有人販賣人口，把這些黑人買來地下水道做實驗，當實驗成功後，就到太和邨的居民成為實驗品。」

「你意思不就是說……」自清說。

「對，所有事件都是……人為的！」德明認真地說：「有人製造病毒，讓人類變成怪體！」

CHAPTER 10 行動 08 ACTION

愛和樓對出空地。

飛翼怪體再次出現！

「映雪映霜快逃！」我大叫。

「媽媽說過要收拾好玩具才可以！」映雪說。

「不！」

我正想把她們抱起逃走之時，飛翼怪體的翅膀飛出了針狀的東西，直飛向我們！

眼見飛針快要擊中時，小黑快速擋在她們面前，飛針刺中他的手臂！

「嗟嗟嗟嗟嗟嗟！」

他在瘋狂大叫！這不是痛苦的大叫，而是……憤怒的叫聲！

傷害兩姊妹讓他非常憤怒！

小黑用力一躍跳到半空，就在飛翼怪體的面前，他一口咬住牠的身體！

不只是咬一口，而是不斷地撕破飛翼怪體的身體！

兩隻怪體同時掉到地面！

我們也無暇看著牠們戰鬥，因為聲音已經吸引其他的怪體蜂擁而至！

消水斬下一隻怪體，走向我們：「你跟兩個女先躲起來！」

我二話不說雙手抱起她們跑回去茶餐廳！山明在我後方保護我們！

「小黑！」映霜叫著他：「爸爸！不要掉下小黑！」

我回頭看，飛翼怪體力氣很大，把小黑壓在地上！如果不救他，他很快會被分屍！

「小黑救過我們，我們不能這樣就走！」映雪也在說。

不行！任何事最重要的是她們兩姊妹，我不可以讓她們有什麼危險！

「側，不是你教她們，不要掉下同伴的嗎？」

此時，我的腦海中出現了日央的聲音。

「你不能讓她們失望，這才是言而有信的父親，我最值得信任的老公。」

「日央……」

快來到茶餐廳，我停了下來。

「月側快進去！」山明說。

「不！你帶她們進去！」我把她們放下：「麻煩你幫我看著她們，我很快回來！」

我話一說完拔出了武士刀，衝向小黑的方向！

「爸爸加油！」

我聽到兩姊妹的打氣聲音，就像給我力量一樣，讓我能夠披荊斬棘！

撲過來的怪體被我一一斬殺！

我知道這樣做完全不合邏輯！我怎會去救一隻我不認識的小孩怪物？

不過，有時不是每件事都需要邏輯，而且他救過我兩個女兒兩次，他是我女兒的……

好、朋、友！

日央，對嗎？

我充滿了熱血，用盡全身的力向著飛翼怪體斬下去！

「去死吧！」

牠的整隻骨翅被我一刀斬下！

還不行！上次山明甚至用棍刀插入了牠的頭顱也沒有死去！

還未足夠！

我再次向他揮刀，卻被牠躲開了攻擊！牠的另一邊骨翅轉向我，準備向我攻擊！

就在最危急的關頭，一對小手擋著牠的骨翅！是小黑，他在幫助我！

我趁這剎那的機會，向著飛翼怪體的頭顱劈下去！

畫面就像慢動作一樣，飛翼怪體半邊頭顱被我劈去，我能夠看到牠的腦袋！

血水與腦漿瘋狂地噴出，這次牠不死也不能再攻擊！

「什麼？！」

就在我以為穩操勝券之際，牠一手捉住我的頸！我沒法呼吸！

小黑在牠的身上狂咬，飛翼怪體依然不肯鬆開手！

我快要窒息，眼前開始模糊，武士刀也沒法用力握緊掉到地上……

我快要休克……

就在此時，我聽到消水大叫！

他大叫著一個人的名字……

「大勇！」

CHAPTER 10 行動 09 ACTION

聽到名字後，我感覺到飛翼怪體的手鬆開……

我再次張開眼睛……

一個頭上有角的變異怪體，把飛翼怪體的手斬斷！

他……救了我！

一大一小的怪體，瘋狂在飛翼怪體的身上咬噬！

我只可以坐在地上呆呆看著這瘋狂的一幕！

飛翼怪體的身體已經被撕開，身體沒有一部分是完整的！

牠死在大勇與小黑的手上！

「月側！」消水走了過來把我扶起：「他是我跟你說過的中學生朱大勇！他站在我們一方的！」

「謝謝……謝謝你！」我竟然向一隻怪體道謝。

他跟我點點頭。

已經沒有時間多說，大批的怪體不斷跑向我們！

我、消水、大勇，還有小黑一起跟那群怪體戰鬥，感覺就像《Monster Hunter》一樣，一起屠龍！不同的，我們的敵人是怪體，而不是龍！

「太多了！」消水用斧頭斬下一隻怪體：「根本殺不完！」

我看著大勇與小黑也分身乏術，就算他們比人類更強大也好，面對數量極多的怪體，他們也沒法完全對抗！

明明已經殺死了那噁心的飛翼怪體！現在也沒法脫身！難道我們真的要死在這裡？

我把怪體的頭劈下，另一隻又再來到我面前！

然後我背後又出現另一隻！我已經沒法閃避！

突然！

一把棍刀刺入了牠的後腦！

是山明！他來救我了！

等等！兩姊妹呢？！他把她們獨自留在茶餐廳？不！山明是有分寸的人，他不會這樣做！

「她們……」

我還未說完，山明臉上出現了一個自信的笑容。

「比我更強的人正在保護她們！」他說。

我立即看著茶餐廳的方向……

我還沒來得及反應，有一陣風在我身邊經過，同時，在我身邊的怪體已經身首異處！

再次讓我震撼，另一隻變異怪體出現在我的眼前！

「我們是大兵的朋友，來幫助你們！」

他還會說話！

我再次看著茶餐廳的方向，一個女生，還有大兵在茶餐廳門前斬殺怪體！

「大家先回去茶餐廳躲起來！」山明說。

我跟消水點頭，同時看著小黑大叫：「茶餐廳！映雪映霜在裡面！」

我不知道他能不能聽懂，不過，我冒險就是為了救他，所以不能這樣就掉下他！

幾經辛苦，我們全部人也退回茶餐廳內，大量的怪體在落地玻璃外拍打玻璃，還不斷發出可怕的聲音。

我們合力把桌子與椅子移到玻璃旁邊，擋著牠們的衝擊！

「這樣安全嗎？」我看著玻璃外面目猙獰的怪體。

「怎樣也好過留在外面。」大兵說。

我走上前跟大兵擁抱，我以為他九死一生，沒想到他會被那對男女所救。

「爸爸！」兩個女走向我：「你救了小黑！你是英雄！」

「爸爸才不是……」我正想說。

「英雄爸爸！」映霜吻在我的臉上。

她們的稱讚讓我泛起淚光，身為父親最光榮的事，不只是能夠賺到幾多錢，而是孩子會稱讚自己是英雄。

在她們心中的英雄。

「月側你那邊安全了嗎？找到了那個小孩怪體了？」德明在耳機說：「我們遇到一些你不敢相信的東西！」

「不敢相信？」我看著變回人類的朱大勇和另一個男生：「我何嘗不是？」

看來，我們跟太和邨變成地獄的真相……

愈來愈接近了。

CHAPTER 10 行動 10 ACTION

晚上。

在落地玻璃外的怪體都慢慢散去，我們在茶餐廳內找到罐頭食品，還不至於要餓著肚子。

我、消水、大兵、山明、映雪與映霜全員安全，另外一隊德明、權叔、愛玲、自清也平安回到康樂中學，雨彤與小白也在學校內。

現在，還多了幾個人，應該說是幾個突變第二型「怪種」，他們是朱大勇、侯清哲，還有趙欣琴。

「怪種」這個名稱是六呎高的侯清哲和趙欣琴告訴我們的，他們曾經在外面的實驗室逗留了一個多月，成為了實驗品，也偷聽到一些情報。

他們也沒想到，最後自己也變成了所知的第二型「怪種」。

趙欣琴覺得是當時的食物問題，含有讓人類變成怪種的成份。我們一起討論過，也許是怪體的血液或是和蠶豆症有關的基因。

當出現極度驚慌與憤怒的情緒時，就會突變。

同樣先天患有蠶豆症的朱大勇，也是因為首次出現怒憤的情緒讓他變成了怪種，他沒有失去人類的意識，還可以變回人類。

侯清哲也是一樣，變回人類會有一點痛楚，卻完全沒有其他的副作用。

如果這種病毒生化科技用在戰爭之上……算了，現在不是想這些的時候。

大勇告訴消水，他的朋友劉仁偉已經死去，消水沒有變得消極，反而在大笑，還說劉仁偉最後一定達成了他們的「信念」。

我沒有問是什麼信念，不過，我知道這就是男人之間的承諾。

「我跟欣琴都是他們的實驗品，現在他們知道實驗成功，我想很快就有人來找我們。」清哲說。

「但欣琴沒有變成怪種。」大兵說。

「我也不知道原因，可能沒有令我憤怒的情況。」欣琴說：「我們覺得，在外的人是在研究這種病毒，希望可以利用它來增強人類的能力。」

「妳這說法很瘋狂。」消水說。

現在我們已經得到了更多的情報。

德明從下水道發現了最早成為實驗品的人類，他們都不是太和邨的居民。

現在有兩個可能性。

一，在地下水道進行研究的人，就是現在外界把清哲他們當成實驗品的白袍人，這代表由第一秒開始，整個太和邨都是他們的實驗場，而且是有計劃地進行。

二，外界的人根本不知道有這種病毒，病毒是由某些人與團體製造，外界的人只能封鎖與隱瞞太和邨內發生的事，同時，他們在研究病毒的變種，把清哲他們當成實驗品。

「我覺得第二點比較有可能。」山明說。

「為什麼？」

他看著身邊的小黑，小黑沒法變回人類的形態，但他沒有攻擊意圖，只是乖乖地坐著。

「山治是五年前失蹤的，即是代表那些人在五年前已經開始在地下水道進行病毒研究測試。」山明說：「這麼大型的研究不可能沒有被發現，只有是少數人在研究，才可以隱瞞下去。」

山明握著小黑的手，我明白他心中的感受。

山明繼續說：「而且如果是跟政府之類有關，根本就不會拐走一個毫無關係的一歲小孩去做實驗。」

「我認同山明的說法。」在對講機中的德明說：「還有我跟愛玲在學校接觸的那個社工，他不似是什麼政府部門的人。」

「社工？什麼社工？」我問。

然後，他告訴我們當日在學校發生的事。

「等等……」我瞪大眼睛：「你說那個社工叫什麼名字？」

「叫周天富。」愛玲說：「月側你認識這個人？」

「怎會不認識！」我面上出現了一個不敢相信的表情。

「1113室！我們單位對面！」

CHAPTER 10 行動 11 ACTION

周天富是周老夫婦的孫仔，他有時會來老夫婦的家中暫住！

愛玲大概形容了他的外表，沒錯！不會有錯！就是他……周天富！

「怎會是他？我記得他曾說過自己讀社會心理學的……」我在思考著。

「山治的失蹤，會不會是跟他有關？」山明看著小黑：「他……拐走了山治，讓他成為『初號』實驗品。」

「真沒想到，所有事情都跟我們麗和樓十一樓有關。」自清在對講機中說。

就算是住在同一座、同一層，我們也不會知道隔籬單位的住客會是一個怎樣的人。可能，他每天都會笑容滿面地跟你打招呼，其實卻是一個作奸犯科之徒。

周天富……一切都是你的所為？

山明嘗試向小黑發問，說了周天富的名字，但他沒有任何反應。

老實說，讓一個六歲的孩子變成現在這樣，下手的人真的非常殘忍。

「小黑。」我走到他的面前：「謝謝你救了我兩個女兒，我們一定會想辦法把你變回人類。」

他沒有回答我，不過，從他的眼神中，我知道他明白我的說話。

或者，找到周天富，就能解開所有謎團，不過……他會在太和邨嗎？

此時，映雪映霜走到大勇與清哲他們面前。

「哥哥，你們真的可以變身成怪物嗎？」映雪問。

他們對望了一眼。

「對！大勇哥哥我可以變身！」大勇舉起了手臂：「厲害不厲害？」

「太厲害了！」映霜說：「我也想變身！想變身！」

她們兩個並不知道，變異時他們是很痛苦的，清哲跟我說，就像每一寸皮膚被撕裂的感覺。

「等妳們長大後，就可以變身了。」欣琴拍拍她們的頭：「變成善良又漂亮的女生，變成自己喜歡的自己。」

我看著欣琴，她跟我微笑，我也希望如她所說。

「太好了！」兩姊妹高興地笑說。

「妳們要努力！」清哲說。

「知道哥哥！」

此時，兩姊妹把貼紙貼到他們的身上。

欣琴得到了一個貓咪女超人、清哲是貓咪扮成的獅子，而大勇是貓咪扮成的恐龍。

「爸爸，他們是幾多等級？」映雪問。

「嗯……」我托著腮想了一想：「啦啦啦啦喇嗱啦喇啦！他們又升級了！現在是90級！」

「90級！太厲害了！是現在最高等級的人！」

全場人看到她們也笑了，映雪映霜的快樂一點也不假，是最純真的快樂。

映霜走到小黑身邊，也在他的身上貼上貼紙。

貼紙是黑色的史萊姆。

「小黑，你也是我們的成員，不要走失啊！」映霜說。

小黑當然沒法回答她，不過他也感受到映霜對他的信任，還有……愛。

本來，我們的目的是把小黑交到外界的人手上，用來換取離開的權利，看來現在已經沒有人想這樣做。

「地下水道逃走行不通，我們還有什麼方法離開？」消水提出了問題。

「這裡不是已經有兩個逃走的例子嗎？」大兵看著清哲與欣琴。

看來，我們有新的逃走計劃了。

CHAPTER 11 盛宴

BANQUET

CHAPTER 11 盛宴 01 BANQUET

大埔太和路，電網牆封鎖線前的巴士站。

一個長髮的男人全身骨折，躺在巴士站，而另一個男生蹲下來看著他。

「人類來說，你也算變態了。」男生拍打他的臉。

在他們旁邊有一堆女人「身體」，沒錯，只有身體，因為她們的手腳已經被斬斷，死狀非常恐怖。

這些「傑作」都是他的所為，他是……鶴佬哥。

那天被迫逃走的他，找來了不少少女發洩，殘忍與變態程度更勝怪體。

男生正好經過看到，他看鶴佬哥不順眼，同時看到他的……利用價值。

鶴佬哥一點都不恐慌，對自己所做的事完全沒有一點悔意，他還在……笑。

「要殺便殺吧，嘰嘰嘰。」他說。

「果然是人才！哈哈！人才！」

男生從口袋中拿出了一支針筒，然後打在鶴佬哥的手臂上。

「求求你……救救我……」在旁一個被劈去雙腳的女生爬向了男生。

男生的手指突然變成了肉藤伸長插入了女生的眉心！她當場死亡！

「這就是救妳的最好方法。」男生微笑：「還有，我在做正事時，別要來騷擾我。」

此時，全身骨折的鶴佬哥身體發出了「咯、咯」的聲音，他的瞳孔變大！又變成了紅色！而且開始慢慢站了起來！

鶴佬哥即將突變成第二型「怪種」！

這個男生，就是把太和邨變成地獄的人！

周天富！！！

他站了起來，看著封鎖線前的電網牆，周天富完全不怕被發現！

「來吧。」他打開了雙手：「來跟我玩一場真正的遊戲！」

在馬路上的攝錄機拍攝著他的一舉一動，周天富已經不想再玩躲貓貓遊戲了，他根本就是在對外界……

宣戰！

鶴佬哥已經站了起來，牠全身也是爛肉，臉上肌肉脫落，露出了血淋淋頭骨，不過，他的長髮沒有脫落，外表變成了一個長髮的骷髏頭！

牠「復活」後，二話不說一手從後插穿了周天富的身體！

周天富吐出了血水！

「媽的，這麼快就想殺人了嗎？」

周天富臉上的肌肉開始收縮，出現了一條一條像蟲的肉柱。

「你要對付的人不是我。」他回頭看著鶴佬哥，臉上依然是招牌的微笑：「你要對付的人，是我的……**好**、**鄰**、**居**。」

他用肉眼看不到的速度做了一個動作，鶴佬哥的手臂已經被斬斷！

「放心吧，手臂會再生。」周天富像撫摸嬰兒一樣摸著比他高大的鶴佬哥：「你現在是世界上0.000000001%最頂尖的『人類』。」

他用「人類」稱呼怪種，就像上帝把「猩猩」稱呼為「人」一樣。

一切都是由他主宰，周天富現在就是所有怪體與怪種的……

「**神**」。

CHAPTER 11 02 BANQUET

數天後，康樂中學。

今天是十二月二十四日，平安夜。

沒想到我們要在這樣的環境中過聖誕節。

不知他們從那裡找到了聖誕燈飾佈置著小食部，還有聖誕樹，的確有幾分聖誕氣氛，也許，這就是我們一群人的苦中作樂。

今晚在寶雅苑僥倖生存下來的居民也來到了學校，為數也有幾十人，有老有少，已經很久沒有見過這麼多人聚在一起。

為什麼他們會來？

因為這晚除了慶祝聖誕節，他們還為我們餞行，我們一行人將會嘗試離開太和邨。

清哲與欣琴當天是沿著羅湖方向的鐵路走出太和邨，然後被外界的人捉到研究所，我們決定了用同一方法，希望可以離開太和邨。

當然，他們一定不會這麼簡單就給我們離開，我們已經想好了對策。一直以來，大兵的軍服裝備上也安裝了一個軍事微型攝錄機，儲存和記錄著在太和邨所發生的事。

如果他們用上不人道的手段對待我們，攝錄機的內容將會公諸於世。

這樣有用嗎？

絕對有。

他們一直架起的電網牆，斷絕我們對外界的聯絡，就是不想讓外界知道太和邨發生的事，我相信這是最好的「籌碼」。

本來我們想用小黑作為籌碼，不過，我們全員一致通過，改為以攝錄機的內容跟外界談判，還有我們所知有關病毒的資料與情報。

有一個問題，就是我們如何把微型攝錄機帶出去？

如果我們全部人都從鐵路出去，而又被他們捉住，他們一定可以從我們身上找到微型攝錄機。

但我們還有一個「王牌」，就是大勇。

他們知道清哲和欣琴是突變第二型「怪種」，卻不知道大勇也是。我們把微型攝錄機交到大勇的手上，然後在他們攻擊我們時製造混亂，讓他逃走。

以他擁有的怪種能力，一定可以趁亂逃走。

如果他們不放走我們，大勇將會在我們被捉後兩小時內，把所有有關太和邨發生的事告知全世界，公諸於世。

至於小黑，我們也要他們確保不會對他進行可怕的實驗，這也是我們開出的條件。

其實，他們把清哲與欣琴放回太和邨，九成有用追蹤器追蹤他們，正正因為如此，外界的人以為已經掌握一切，其實反而讓他們變得鬆懈。

整個計劃，我覺得是可行的。

這就是被困在太和邨的我們最後的「反擊」。

我們能夠生存到現在，除了幸運，也因為頑強的生命力。

當然，還有映雪映霜帶給我們的童真與歡樂。

直至現在，兩姊妹還是覺得這是一場遊戲，她們還相信到達99等級時，就可以見到媽媽。

她們的天真無邪，就是我們成年人長大後漸漸失去的東西。

還有，她們比我們更優勝的，就是擁有……

「希望」。

她們相信，總有一天可以完成遊戲，在最後出現遊戲工作人員名單時，聽著最後的片尾曲。

這就是我們成年人一直缺少的「希望」。

「Silent night,holy night~ All is calm,all is bright~Round yon Virgin,Mother and Child~」

小食部內播放著柔和的聖誕歌《Silent Night》，我們不敢開得太大聲，反而更有一份安撫心靈的柔和感覺。當然，我們現在的防衛已經很足夠，不能說是滴水不留，不過怪體不可能走進來。

我看著大家的臉上都掛上了久違的笑容。

或者，這就是……真正的快樂。

CHAPTER 11 03 盛宴 BANQUET

慶祝聖誕節沒有什麼豐富的食物，而且我們也不想浪費食物，不過貓罐頭、狗罐頭還是有的。

不是說笑，貓罐頭真的很好吃，嘿。

「很好吃啊！」映雪高興地說。

「爸爸，再給我多一點！」映霜說。

「當然沒問題！」我笑說。

日央提醒過我，答應過兩姊妹聖誕要吃火雞大餐，現在沒有火雞，就用雞味的貓罐頭代替吧。

我看著兩姊妹吃得津津有味。

老婆，我也算是兌現了承諾吧？嘿。

她們吃飽過後，走到其他小朋友那邊一起玩。

「拿去。」山明走了過來，把一罐啤酒掉給我，我單手接著。

「謝謝。」

在這個時間啤酒絕對是最奢侈的飲品。

我、山明、自清，還有愛玲坐在火堆旁邊。

我們這幾個麗和樓十一樓的鄰居，在這時期都失去了很多重要的東西，不過，我們依然堅強地生存下去。

「如果有天回復正常，我跟愛玲可能會搬出太和邨。」山明說。

「為什麼？」自清問：「我們不是好鄰居嗎？」

愛玲依靠在山明的肩膊上說：「這裡已經沒有什麼可以留戀，而且我怕每晚發惡夢。」

大家也沒有說話，我們每一個人都明白愛玲的感受。

「別要掃興，今晚我們就可以離開！」我舉起了啤酒：「你們還有很漫長的人生，總有一天會忘記痛苦的過去！」

「月側你怎麼變了那些勵志大叔？」山明笑說。

「什麼勵志大叔？我怎說也是你們的隊長兼長輩，你們走過的路我也曾走過呢！」我喝了一口啤酒：「不愉快的事總會過去，因為又會有新的煩惱出現，只有新的煩惱才可以打敗舊的煩惱。」

「這樣好像更悲慘啊！」愛玲說。

「對！這樣的生活好像很痛苦。」自清說。

「沒辦法，這樣才是我們的……**人生**。」我說。

從來也沒有一個人沒有痛苦，一世一帆風順，我們就是要在人生中學習接受痛苦，同時，一直向目標前進。

「有沒有把煩惱變成快樂的方法？」愛玲問。

「有。」

然後，我指著在跟小黑和其他小孩玩的兩姊妹。

他們明白我的意思。

兩姊妹就是我把煩惱變成快樂的方法，同時，她們也是我未來的……**希望**。

我願意犧牲一切去保護我僅存的「希望」。

「來吧！我們來乾杯！」我說。

突然！

「轟！」

學校的停車場防衛牆，傳來巨大的爆炸聲！

「發生什麼事？！」

「噠……噠……噠……」「噠……噠……噠……」「噠……噠……噠……」「噠……噠……噠……」「噠……噠……噠……」「噠……噠……噠……」「噠……噠……噠……」「噠……噠……噠……」「噠……噠……噠……」「噠……噠……噠……」「噠……噠……噠……」「噠……噠……噠……」

隨著爆炸聲出現，可怕的聲音也跟著出現！

煙霧還未散去，無數的怪體已經衝入了康樂中學！

CHAPTER 11 04 BANQUET 盛宴

學校內有許多手無寸鐵的居民，他們從來也沒有跟怪體戰鬥過！
不論是小孩還是婦女，怪體瘋了一樣咬食！
我想走向映雪映霜的位置，可惜被大量的怪體擋著前路！
「月側！快去找兩姊妹！」山明用棍刀刺入了前方的怪體頭顱。
同時，愛玲的箭也為我開路：「快去吧！」
我二話不說，立即衝向她們的位置，殺不完的怪體不斷擋著我的去路！
痛苦的慘叫聲不絕於耳，在我身邊不斷有人被咬死，康樂中學變成了人間地獄！
我終於來到了剛才她們玩耍的地方，我看到了兩姊妹！
在她們前方，還有一隻全身鱗片的怪種！牠一手捉住小黑的頸把他整個人舉起來！
「映雪！映霜！」

「爸爸！快救救小黑！」映雪指著那隻怪種。

牠慢慢地把頭移向我，牠的臉上全是像蜈蚣一樣的肉柱，非常噁心！

「啊？彰生，很久不見了。」

怎會？！牠怎會知道我的名字？！

……

‥

．

山明、自清、愛玲，他們找到了雨彤，還有兩個小孩，一起躲入更衣室！

「不用擔心小黑，月側應該可以找到他！」愛玲吻在山明的臉上。

「我知道。」山明看著兩個小孩：「我們先躲起來，之後去找你們的父母！」

他們點頭。

其實，他們的父母也許已經凶多吉少，不過，現在不是告訴他們真相的時候。

「為什麼會爆炸？」自清問：「怪體又同時湧進來？」

「很明顯是人類的所為！」雨彤說：「怪體才不懂用炸藥！」

「是誰這樣做？」愛玲非常生氣：「為什麼要這樣做？」

突然！

更衣室的大門打開！一隻怪種走入來！

牠的手腳非常的長，在地上爬行，像一隻巨型的蜘蛛！在牠背上滿是人類的殘肢手腳，很明顯牠已經殺死了不少人，殘肢成了牠的戰利品！

這個人就是突變成第二型「怪種」的……張開萍！牠已經完全變異，跟在上次看到牠時已經完全不同！

牠看到山明一行人走進了更衣室，立即闖進來！

山明做了一個「噓」的手勢，兩個小孩不敢出聲。

此時，愛玲看到牠背上的一隻手臂，手臂上戴著一隻獨一無二的玉鐲，這是愛玲小時最愛偷來玩的玉鐲。

是張婆婆的手臂！

愛玲知道牠就是殺死婆婆的張開萍！

她已經沒法忍受，愛玲要替最疼錫她的婆婆報仇！

愛玲不顧自己的安全，站起來拉弓！

「愛玲不要！」山明想阻止她也不行。

「怪物！」愛玲大叫：「這邊！」

張開萍把頭轉向她，牠跟愛玲對望，美味食物正在呼喚著牠！

弓箭根本就不可能對付強大怪種，愛玲真的要送死？

才不！

「納命來！」

她射出的不是普通的弓箭，而是加入了炸藥的箭頭！她從軍營基地中得到了火藥，改造成炸藥箭！

箭比說話更快，已經準確無誤地射中張開萍的頭上！

不到半秒發生爆炸！

CHAPTER 11 05 BANQUET

小食部樓梯附近，大兵、德明、權叔，還有消水，他們護送生存下來的居民逃上一樓，不過怪體實在太多，他們只能夠拯救小數的居民！

「不行！再這樣下去，我們也會死去！」德明斬殺怪體。

「現在小食部沒有安全的地方，我們只能上一樓！」大兵用軍刀插入怪體的頭顱。

「我跟德明開路！大兵與權叔殿後！」消水的斧頭把怪體的頭整個斬飛。

「沒問題！」權叔說。

居民在他們四人的合力之下，終於殺出一條血路！他們走到一樓的樓梯處！

可惜，就在他們快要成功之時，權叔被怪體咬到了手臂！

「權叔！」德明想回頭救他。

「不要！你也會死！」大兵阻止了他。

權叔用自己的身體擋在樓梯的門前，不讓怪體走上一樓！怪體不斷在他的身上撕咬！

「你們……快逃……」權叔口吐鮮血，痛苦地堅守大門。

消水也想救他，不過他知道權叔已經不可能生存！

「權叔……謝謝你！」消水緊握著拳頭。

權叔跟仁偉一樣，用自己的生命守護著其他的人！

權叔微笑，說出了他生命中最後一句說話。

「我什麼也不懂……我只是一個……**保安員！**」

……

…

.

能變成第二型「怪種」的大勇與清哲，他們去了哪裡？

以他們90等級的能力，應該可以拯救更多的居民，當然等級只是月側說的，不過他們的確有這樣的實力。

他們不是不想去救人，而是自身難保！

地上出現了一隻鋒利的骨刀斷臂，清哲一隻手臂被斬斷！他只能蹲在地上按著手臂上的傷口。

頭上長了雙角的朱大勇也好不了多少，他肩膊被刺穿，出現了一個大洞！他的表情痛苦，看著那個讓他們受傷的怪種。

牠是不久前突變的鶴佬哥！

一隻骷髏頭怪種！

牠以一敵二，也能輕鬆對付清哲和大勇變成的怪種！

突變第二型「怪種」同樣有等級之分，像鶴佬哥一樣兇殘的人類，變異後會更加厲害！

「欣琴……妳快逃走……」清哲跟身後的她說：「我的速度也勝不過牠，這怪種太可怕，我們未必能贏……」

「我不走！」欣琴拒絕：「你還要聽我說太和邨的過去與歷史！」

清哲回頭看著她，他的臉已潰爛，卻看得出清哲在微笑。

「欣琴，謝謝妳。」清哲說：「如果能夠繼續跟妳在一起，我寧願這個地獄……不要結束。」

欣琴的眼淚流下，她感動是因為她自己也有同樣的感受！

「大勇！」清哲回頭說。

「好！」大勇已經準備好。

他們一左一右再次衝向鶴佬哥！已經沒有保留什麼實力，他們全力作出攻擊！

清哲是速度型，而大勇是力量型，清哲更快來到了鶴佬哥的面前，他的手臂骨刀已經對準鶴佬哥的頸部！

鶴佬哥當然不會坐以待斃，牠比他更快用手臂格擋！

牠沒想到清哲根本不是想攻擊牠！而是……分散牠的注意力！

大勇已經跳在半空，他用盡全身的力量，巨大化的拳頭轟在鶴佬哥的頭頂上！

力量有如三十五噸的重型貨車，重重擊中鶴佬哥！

牠的整個頭顱爆開！

CHAPTER 11 06 BANQUET

學校停車場附近位置。

「爸爸快救小黑！」映霜說。

「他好像很痛苦啊！」映雪說。

「你……你怎會知道我姓彰？！」我走向兩姊妹擋在她們的面前。

「啊？你還未知道我是誰嗎？」牠把小黑放下，不過還是緊緊捉住他的頸。

「我怎知道……」

我腦海中出現了一個人的畫面！沒錯，就是我們對面1113室的那個男生……

「周……周天富？！」

「終於想到了，不錯不錯！哈哈！」牠高興地笑著：「沒想到你跟兩個女可以生存到現在，你太太呢？還好嗎？」

我聽到牠輕佻的語氣非常憤怒：「所有事都是由你一手做成？」

「也可以這樣說吧。」牠看著手上的小黑：「牠是我的初號實驗品，同時也是人類的病毒原體！」

周天富身後的怪體想過來攻擊我們，牠發出了我從來沒聽過的聲音，那些怪體全部不敢靠近！

當日張開萍殺了婆婆之後，就是被這聲音吸引了？

「你們這些低等的雜種，別來煩我。」

周天富話一說完，牠以我看不到的速度，把接近的怪體全部攔腰斬殺！

血水飄上半空，牠的速度快得讓血水也像變成慢動作一樣！

然後，牠純熟地用一支針筒在小黑身上抽出血液，小黑沒有反抗。

「不要！小黑怕打針啊！」映霜說：「我們玩醫生遊戲時，他見到針就走了！」

「山治啊山治啊，沒想到你竟然找到了朋友。」周天富看著我身後的兩姊妹：「看來你還留有人類最沒用的……善良人性呢。」

牠知道小黑原名！

「是你當年拐走他！」我說。

我的汗水流下，我在盤算著安全離開的機會率……有1%？

「為什麼你要這樣做？」我繼續問：「怪體、怪種全都是你製造出來？！」

「才不是呢，我們最初只是研發抗抑鬱的藥，沒想到被人搶先盜用了，還將我們的研發用在刺激貓的食慾之上。」周天富說：「米氮平(Mirtazapine)本來是用來治療重度抑鬱症與精神障礙，竟然只用在貓身上？你說好不好笑？」

我完全聽不懂牠說什麼米氮平，我只聽到他在說……**「我們」**。

「最後，我們研發了這新的病毒。」周天富笑說：「讓人類超越自己的潛能，變成了……怪種！」

「大魔王，你快放了小黑！」映雪從我身後走上前。

我立即把她拉回來！

「對！小黑很痛苦！快放了他！」映霜也走了上來。

「不要！」我把她們拉回身邊。

「大魔王嗎？嘰嘰，我喜歡妳們這樣叫我。」周天富說：「你也知道，我一根手指就可以殺了你兩個女兒吧。」

「等等！不要！」我腦海中出現了那恐怖的畫面。

「給你一個機會。」牠把剛才的針筒掉到我面前：「在自己身上打入山治的血，一場鄰居，我放過你兩個可愛的女兒！」

我呆了一樣看著地上的針筒。

「我真想看看你會變成怎樣的……怪種呢？」牠說。

同一時間，更衣室的方向，發生了爆炸！

CHAPTER 11 07 盛宴 BANQUET

愛玲的炸藥箭把張開萍半個頭顱爆成肉醬！

變異成蜘蛛一樣的張開萍倒了下來！

成功了！炸藥箭成功擊殺了牠！

愛玲走到張開萍身邊，從她背上的一隻手臂，脫下了婆婆玉鐲，帶在自己的手上。

「婆婆，我替妳報仇了。」愛玲眼泛淚光。

張婆婆一手把愛玲養大，就如父母一般，她一直希望可以努力成為奧運代表隊，贏到獎牌送給婆婆，可惜現在她已經做不到。

「我成功了！」愛玲看著山明微笑。

奇怪，山明的表情一點也不高興，而且非常驚慌！因為……

只有半個頭顱的張開萍，像昆蟲脫殼一樣，脫離了蜘蛛的身體再次站起來！

「小心！後面！」山明大叫。

愛玲心知不妙，快速地閃避，可惜來不及，臉上被尖爪刮出一條血痕！

山明快速擲出了桌球棍刀，插入了張開萍的身體！

「嘰嘰嘰嘰嘰……」

可惜牠還沒有倒下！

脫殼後，牠的身體更輕，速度更快！剎那間牠已經來到了山明的面前！

「山明！」自清用軍刀斬向牠。

同時，雨彤也發出了手臂箭，命中張開萍！

張開萍不痛不癢，牠瞪著自清，然後下一個動作……牠的尖爪貫穿了自清的身體！血水從他的腹部噴出！

「自清！」山明拿出了軍刀斬向張開萍的頸部。

張開萍的頸沒有被完全斬斷！牠把尖爪拔出，再次插入自清的腹部！

自清立即用盡全身的力氣……抱住張開萍不讓牠動彈！

「快……快殺了牠！」自清口吐鮮血：「快！！！」

雨彤、愛玲、山明三人，同一時間合力用刀斬向張開萍的頸部！

牠的頭顱……終於被斬斷掉在地上！

山明立即把張開萍踢開！愛玲拔出了一支炸藥箭射向牠的身體，牠整個身體著火燃燒！

雨彤沒有怠慢，立即把兩個小孩帶走！

「成……成功了……」自清微笑，倒在地上。

「自清！」山明扶著他的身體。

「你們……快走吧……燒牠的氣體……可能有毒……」自清口中不斷吐出血水。

「不！我要把你帶走！」山明想拉起自清。

「沒用的……我知道我快要……快要死了……」自清的眼睛合上。

「不要睡！」愛玲大叫。

「能夠做你們的鄰居……能夠跟你們一起經歷……我已經很滿足……」自清笑著說：「山明……對不起……」

自清說完最後一句話後……

離開了這個世界。

「為什麼要說對不起？！快起來！朱自清你快給我起來！」山明非常生氣：「我們還要一起去打桌球！別要死！」

「咳咳……要快走了！」雨彤掩著鼻子：「還有兩個小孩！」

「山明……」愛玲按在山明的肩膊。

山明看著那兩個無助的小孩，就和自己與自清小時候一樣，他當然不希望孩子會有危險。

「自清……」山明流下了眼淚：「再見了，我的好鄰居、好朋友！」

他抹去了眼淚：「我們快走！」

他們走出了更衣室，可惜，小食部已經沒有一個活人。

同一時間，他們聽到了遠處骨頭碎裂的巨響！

CHAPTER 11 盛宴 08 BANQUET

學校大操場。

大勇的重拳把鶴佬哥的頭顱整個轟爆，血肉模糊！

「成功了！」大勇高興地大笑：「我的拳頭連我自己也怕！哈！」

無論是怪體又或是怪種，只要頭部被破壞就會立即死去，不過，鶴佬哥卻不同，因為牠的骷髏頭內……根本就沒有腦袋！

牠的腦袋在變異時，移到了心臟的位置！

沒有頭的鶴佬哥，攻擊正在沾沾自喜的大勇！

「小心！」

清哲更快察覺，他把大勇推開，鶴佬哥的手插入了清哲的胸前，在清哲的背後貫穿而出！

一切來得太快，根本沒有人會相信鶴佬哥還未死去！

鶴佬哥的手拿著……清哲的心臟！

「哲！！！」

欣琴看著清哲的背影，還有鶴佬哥手上的心臟！

她充滿了痛苦與憤怒！這就是突變成「怪種」……

最、關、鍵、過、程！

……

……

■

一片漆黑。

鶴佬哥已經沒有了頭顱，牠只可能用身體去感應與感受。

牠感受到一陣風在牠身上吹過。

然後是莫名的痛楚。

一片漆黑。

左手沒有了感覺，然後是右手，還有左腳、右腳。

牠完全不知道發生何事，只知道自己整個身體躺在地上。

而且身體大量出血。

一片漆黑。

最後，牠連腦袋的運作也停止！

因為牠已經……身首異處！在身體內的腦袋已經被貫穿！

鶴佬哥是連自己死了也不知道！

是誰把牠殺死也不知道！

……

…

．

回到牠死去的地方。

大勇只能呆了一樣看著鶴佬哥被肢解……

誰有這樣的能力？

是欣琴！

突變成的怪種的欣琴，把鶴佬哥殘忍地肢解！

欣琴停留在半空，身後長出了像蝴蝶的翅膀在拍動！翅膀是由血與骨組成，不能說是優美，只可以用恐怖噁心去形容！

她不像其他怪種，皮膚沒有腐爛，全身也變得非常光滑，而且盡現身體曲線，最重要的是……

她充滿力量，輕易地把鶴佬哥解決！

或者，除了「暴戾」可以激發怪種的能力，還有另一種，就是「愛」。

欣琴回到地面，立即走向清哲！

本來，清哲腦部沒有被破壞，以怪種的能力他未必會死，不過，因為他只是「測試實驗品」，沒有心臟的他，沒法生存下去，已經離死亡不遠。

「哲！」

「嘿……看來妳比我更強……」清哲微笑說。

「別要死！我們還要一起去看電影、去海洋公園，還有迪士尼樂園！我們要一起拍拖！」

「死前……我跟妳說一個……一個秘密……」清哲的眼睛緩緩地合上：「趙欣琴……其實妳是我的……**初戀**……」

清哲已經沒法說下去。

「清哲！！！」欣琴擁抱著清哲痛哭。

兩隻怪種，外表怪異，完全不能說是人類，也不像電影一樣唯美，不過在他們的身上，

感覺到……「愛」。

或者，不是每個人類也可以擁有的「愛」。

欣琴發出了最淒厲的哭聲，傳遍整間學校！

不，是傳遍整個太和邨！

最後，這對小情侶也沒法走到最後，對他們來說是痛苦的。

不過，對於外界的生化部來說，這卻是一個……重大的突破。

而且也是他們的「計劃」。

為什麼要把他們放回太和邨？

因為他們知道，這對小情侶之間充滿了愛。

清哲只是附屬品，他的真正用途是……

激發欣琴的變異！

CHAPTER 11 09 BANQUET

淒厲的哭聲傳到一樓課室。

大兵安排居民躲在課室，不是權叔擋著怪體，也不可能有這麼多居民安全逃到一樓。

走廊已經滿佈怪體，牠們仍在尋找食物！

「別要出聲。」消水跟居民說。

他們都在點頭。

「過來！」大兵從一樓玻璃窗看著大操場。

他看到大勇與倒下的清哲，還有一隻他們從沒見過的怪種！

「那個是……欣琴嗎？」德明問。

已經沒時間給他們思考現在的情況，因為更可怕的事情出現在玻璃窗外！

「那些是……什麼東西？」消水看著無雲的天空。

一些在天空飛的東西，正在接近學校，因為環境太昏暗沒法完全看清楚。

直至牠們愈來愈接近，消水才看得清楚……

「怎……怎可能……」大兵也看到目瞪口呆。

飛翼怪種向著學校的方向飛過來！不是一隻，而是一、大、群！

有十隻？二十隻？三十隻？

一隻已經非常難對付，現在更是大批殺來！牠們的目標是康樂中學！

還有他們身處的課室！

消水跟其中一隻飛行中的飛翼怪種對望，他的下意識只出現一個字……逃！！！

「快逃！」

他們已經不理會走廊的怪體，因為至少怪體他們也能夠對付，如果跟飛翼怪種直接碰上，他們一點生存下去的機會也沒有！

大兵打開課室門，在門前斬殺怪體，德明與消水保護其他的居民離開！

「音樂室！」德明說。

他們披荊斬棘，一行人快速走到音樂室躲起來！然後用雜物堵塞入口！

「為什麼會有這麼多飛翼怪種？」德明問。

「天曉得！」大兵說：「首先是爆炸，然後是怪體入侵，現在連飛翼怪種也來了……」

消水看著那些極度驚慌的居民，想起了其他的隊員。

「希望他們可以……生存下去。」

……

…

.

淒厲的哭聲也傳到了停車場的位置！

「啊？」周天富看著聲音的方向：「這淒厲的哭聲真的很動聽呢！」

我不知道他在說什麼，我只想著怎樣讓映雪映霜逃走……

「你在想逃走的方法嗎？」周天富一手把小黑掉到我們的面前。

「小黑！」映霜蹲下來想扶起他。

「殺她們真的簡單……」周天富指著映霜。

「我打！我打針！別要傷害她們！」我拿起了針筒。

「爸爸別要打針！」映雪說。

「嘿嘿，沒事的。」我擠出微笑：「爸爸生病了，打針病就好了！」

映雪樣子很擔心，她感覺到不對勁，但又不知道怎樣表達。

「周天富……你別要食言！」我咬牙切齒地說：「要放過我兩個女！」

「當然！」周天富笑說：「快打吧！來一起參加我這場……**盛宴！**」

我把小黑的血液注入手臂！

「我說放過你兩個女兒，當然不會食言。」惡魔一樣的微笑出現在周天富的臉上：「不過沒有人說……**你自己不會傷害自己的女兒！**」

什麼？！！

突然！！！

我的心臟瘋狂地跳動！

眼前一片漆黑！

CHAPTER 11 10 BANQUET

交感神經系統(Sympathetic Nervous System)。

這是自動神經系統的一部分，遇上危險時，負責掌控身體戰鬥或逃走等等不同反應。

交感神經中，還有副交感神經系統(Parasympathetic Nervous System)，與交感神經系統作用互補，負責身體的「休息和消化」或「進食和繁殖」等活動，包括性興奮、流口水、流淚、消化、排尿和排便等。

人類胎兒在大約34週，就會逐漸完善這套自律神經系統，胎兒在肚中活動時會刺激腦部，放鬆時會將氧氣和營養傳遍全身，兩種神經系統根據需要會互相切換。

這代表了，這種為了生存而擁有的交感神經是人類與生俱來。

他們運用了人類的交感神經缺陷，製造了「第三種」交感神經，利用米氮平(Mirtazapine)讓「第三交感神經」突變，造成了現在的「病毒」。

只有食慾的怪體，就這樣誕生。

不過，這不是他們最終想要的結果。

他們發現，在病毒內加入世上第一種被發現的病毒「煙草花葉病毒」，可以讓人類或怪體出現突變，然後……

突變第二型「怪種」誕生。

變成「怪種」有三個方法。

一、病毒加入「煙草花葉病毒」。

怪體突變，就如飛翼怪種與橫頭怪種，就是突變而成；而人類方面，就如清哲與欣琴二人，都是生化研究部研發出加入「煙草花葉病毒」而成的測試品。

二、患有先天性葡萄糖六磷酸去氫酵素缺乏症，即蠶豆症的人類。

大勇就是這一類的突變第二型「怪種」，同樣要經過情緒波動才會出現突變。至於張開萍，她在牙醫診所被映雪所打的雖然只是怪體的血液，但因為她也患有蠶豆症，所以也會變成怪種。

三、注入「原體」小黑的血液。

周天富在鶴佬哥身上所做的，就是第三種，這一種怪種在未被完全破壞大腦前，有再生的能力。

而周天富自己也是注入了小黑的血液。注入血液後，會在還未奪回自己的「意識」之前，攻擊身邊任何的生物，就如鶴佬哥當時攻擊周天富一樣。

現在，他讓月側注入小黑的血液，很明顯是想看到一個可怕的結果。

月側在未奪回自己的意識前，最接近他身邊的人，就是他……

兩個最愛寶貝女。

周天富要月側親手殺死自己兩個女兒！

……

…

．

月側的身體開始出現變異，瞳孔放大變成了紅色！

他背上的脊椎骨長出了四肢，形成了八隻骨腳足，就像蜘蛛腳一樣！頭上長出了鋸鍬形蟲一樣的角，身體的皮膚脫色，變成了半透明，可以看到他的內臟！

「呀！！！！」

月側痛苦地大叫！

「爸爸！」

兩姊妹看著月側變成了怪種，不過她們一點也不害怕，因為爸爸可以變身！一定可以變得更強！

「爸爸很厲害啊！」映雪在拍手。

「小黑不用怕啊！」映雪跟小黑說：「爸爸會打敗大魔王！」

此時，山明、愛玲、雨彤來到了他們的位置！

「月側！你對月側做了什麼？！」山明看著周天富。

「嘰嘰，沒什麼，你們來得正好！」周天富高興地說：「有好戲看了！」

「映雪映霜！」愛玲大叫。

可惜已經太遲，變成怪種的月側一左一右捉住她們的頸，把兩個女兒舉起來！

「爸爸……你做什麼……」

只要他輕輕一抓，她們柔弱的頸骨會立即斷裂！

CHAPTER 11 盛宴 BANQUET

「爸爸……」

「哈哈哈！」周天富大笑：「她們是你最重要的人嗎？現在卻要死在你手上！」

愛玲拉弓，箭快速刺中月側的手臂，可惜對他完全沒有作用！

雨彤與山明想走上前阻止，卻被周天富身上的肉藤攔截！不讓他們再走前一步！

「本來我想先殺你們，不過，我想你們一起看好戲，之後才殺你們吧。」周天富笑說。

月側口中吐出了白煙，他不是想捏斷映雪映霜的頸，而是要咬下去，吃掉她們的肉！

沒有比這樣更殘忍！

一直以來，映雪映霜對於月側來說是最重要的人，就算要犧牲自己他也想保護兩姊妹的安全。

現在卻要他親手殺死自己兩個女兒！

月側已經沒法控制自己！

血水像慢動作一樣在天空上飄過！

月側一口咬下映雪的頸！！！

……

…

．

四年前，麗和樓1112室。

兩姊妹還在日央肚子裡，還有二十四天就出世。

「家姐！家姐！」月側對著日央的肚子叫著。

日央肚子上方出現了胎動。

「妹妹！妹妹！」月側又在叫。

這次到肚子下方出現了胎動。

「她們知道自己誰是家姐，誰是妹妹！哈哈！」月側高興得不得了。

「才怪，只是聽到你的聲音才會動呢。」日央笑說。

「她們聽到什麼會兩個也一起動呢？」月側在思考。

「我們都試一試！」日央說。

然後，他們一人一句，不段說出不同的詞語，例如爸爸、媽媽、映雪、映霜、雪雪、霜霜等。

可惜，在肚中的兩姊妹沒有再動過。

「她們真的頑皮，現在又不動了！」月側有點失望。

「可能是睡著了。」日央說：「都夜了，我們也睡覺吧，明天再試試。」

此時，小白突然跳上了沙發。

「喵~~~」

日央的肚子突然動了起來，而且是上下一起動！

「哈哈哈哈！聽到小白叫她們才一起動！」月側非常高興。

「她們長大後一定很愛貓！」日央摸著自己的肚子：「是嗎？映雪映霜？」

四個人，一隻貓，他們一家並不富裕，只是住在老舊的公屋，不過，卻比家財萬貫的人更快樂。

更溫馨。

由那時開始，月側已經決定了，用任何方法也要守護自己一家人，就算自己有多辛苦，他也要讓她們兩姊妹得到快樂。

要讓兩姊妹在年幼時擁有一個……**童話故事**。

可惜，因為太和邨的事件，日央離開了他們，這個溫馨的畫面已經不能再出現。

現在就連「童話故事」也再不能寫下去。

變成了最殘忍的慘劇。

變成了沒法彌補的傷痛。

……

…

．

天使一樣的光芒，出現在他的腦海之中。

日央出現在月側的腦海之中。

「側，是真的！我會像『替身』一樣，一直在映雪映霜身後，守護著她們。」

「你呢？」

「你還會用盡方法去保護她們嗎？」

「你……會兌現承諾嗎？」

．

…

……

月側已經沒法控制自己！
血水像慢動作一樣在天空上飄過！
月側一口咬下映雪的頸！！！

CHAPTER 12 真　相

TRUTH

CHAPTER 12 01 TRUTH

真相

已經沒法回頭。

血水像泉水一樣噴射而出！

山明他們也只能發呆，看著事情的發生！

周天富臉上的表情……由高興地大笑，變成了……驚慌！

噴出血水的，不是她們兩姊妹的身體……

而是周天富的身體！牠被月側背上的八隻骨足刺穿！血水是由牠身上噴出！

「爸爸！」

月側沒有咬下映雪，而是……**吻在她的臉上！**

溫柔地吻在她的臉龐上！

「怎……怎可能？」周天富呆了一樣看著他。

「山明、愛玲、雨彤。」月側放下了兩姊妹：「替我照顧好她們，我有事要忙。」

然後，月側回頭冷冷地看著周天富！

「你……」

周天富還沒有說完，比牠更快的速度，月側一掌轟在牠的臉上！牠整個人被推向十米後的牆上！

月側的手沒有放開，牢牢地把周天富的頭壓著，頭顱嵌入了牆壁內！

「你真的很殘忍。」月側表情輕鬆：「要我殺死自己兩個女兒？」

周天富根本沒法回答，牠只能一腳把月側踢開！

「怎可能的？你怎會有這麼強的力量？！」牠不敢相信。

利用小黑的血液而變成怪種的人，越是暴戾的人力量越強，就像鶴佬哥一樣，周天富不明白，為什麼月側完全沒有暴戾的感覺，卻變得這麼強大！

而且，還可以這麼快從變異中清醒過來！

「央，我們合作把牠殺死，如何？」月側向著背後說。

周天富看著他，月側身後根本就沒有人！

牠已經不能想太多，周天富覺得自己的能力絕對比剛變成怪種的月側更強，現在只是牠的心情被影響……

牠在嘗試鼓勵自己，可惜，月側就像《龍珠》的瞬間轉移，快速來到牠的面前！

不，不是瞬間轉移，只是月側的速度比牠的肉眼更快！

下一秒，周天富被重拳擊中！

不是一拳，是兩拳！三拳！四拳！無數的拳！

現在周天富連思考的時間也沒有，全身也被轟到扭曲變形！

「央，牠竟然要我殺死我們兩個寶貝女，我們一定要把牠打到變成廢物。」

月側一面出拳，一面輕描淡寫地對著空氣說話！

周天富全身多處骨折，就算牠有再生的能力，也跟不上受傷的速度和程度！

自從牠變異成怪種後，從來也沒有試過這一種侮辱！

牠不理會自己的傷勢，發動反擊！

「切！」

牠的拳頭還未揮出，已經被鋒利的東西切斷！

月側除了有八隻骨足，還有一條非常鋒利的尾巴！他一揮動，周天富的手臂立即斷開！

「在你死前，我不會忘了跟你說。」月側微笑說：「Merry Christmas！」

尾巴快速揮動，周天富全身上下出現了深入見骨的傷痕！

此刻，牠開始後悔……

為什麼要他打血針？

為什麼要看他殺女兒的情境？

為什麼自己這麼白癡，以為自己是最強的怪種？

月側本來可以直接破壞牠的腦部，但他沒有這樣做，是因為他要讓周天富知道自己的錯！

後悔自己所做過的事！

周天富已經知道自己離死亡不遠，牠決定要跟月側同歸於盡！

牠一手箍著月側的後頸，心臟快速跳動與自動加熱！

牠要用自毀的方法來殺死月側！

月側想不到周天富會這樣做！他遲疑了半秒，被緊緊地箍著沒法掙扎離開！

「嘰嘰……別要自以為是……」周天富在月側的耳邊說：「有人會替我報仇，然後殺光你重視的人！」

下一秒……

周天富全身發光……

！！！！！！！！！

CHAPTER 12 真相 02 TRUTH

就在千鈞一髮之際！

一個細小的身影飛過！

周天富的身體再沒有發光，全身變成漆黑……

牠還在微笑的頭顱，在半空中飛起……

然後……掉、在、地、上！

在最危急的一刻，小黑把周天富的頭顱斬斷！

這麼多年來，小黑也沒有做過反抗牠的行為，這是他第一次！

也是最後一次！

牠做得最錯的，就是把小黑困在電錶房，他偶然遇上了映霜，這個女孩讓小黑開始慢慢地回復了人類應有的人性！

周天富的身體向後倒下，牠不會想到，最後會死在小黑的手上！

「爸爸！」

映雪跟其他人一起跑向他們！

「別要過來！」跪倒在地的月側阻止了他們。

月側現在的身體與精神已經超越了負荷，他很怕會有一刻失去了人類的意識而攻擊他們！

月側表情痛苦，他沒想到此時，小黑的手會搭在他的肩膊上，就像是……鼓勵他一樣。

更想不到的，兩個女兒不怕危險，不聽爸爸的勸告，一起跑了過來！

她們一起擁抱著月側。

「爸爸你太厲害了，懂得變身而且打敗了大魔王！」映霜說。

「爸爸現在一定是很高等級！」映雪說。

月側呆了一樣，他緊握的拳頭鬆開，擁抱著兩姊妹，眼淚不禁流下。

世界上，有兩個最信任他的人，就算自己變成了怪物也不怕，因為她們知道他不會傷害她們。

爸爸不會傷害自己的女兒。

月側的身體慢慢地變回了人類的外表。

周天富沒有說錯，越是兇殘與狡猾，變異成怪種後會得到更強大的力量。

但牠不知道，原來比這更強大的力量，是由另一種東西激發而出，就像早前欣琴一樣，而這東西叫……

「愛」。

最可怕的怪物，只要心中有一份對親人至死不渝的愛，就是最強大的力量！

周天富已經永遠也不知道這個「秘密」。

「小黑謝謝你。」月側變回了人類。

「對！你也很厲害，跟爸爸一起打敗大魔王！」映霜高興地說：「我以後會煮炒蛋給你吃！」

在小黑臉上，出現了一個從來也沒出現過的微笑表情。

「月側你身體沒事嗎？」雨彤用手背量量他的額頭：「有沒有發燒之類？」

「沒什麼大問題。」他說：「只是最初變異時有一點痛楚。」

「看來我們的隊長已經變成了最強的人類了！」山明說。

「爸爸你現在是多少等級？」映雪非常期待答案。

「我嗎？」月側想了一想：「是98級！」

「啊……還欠一級才可以見到媽媽！」映霜很失望。

「剛才媽媽來了幫助我。」月側笑說。

「真的嗎？」映雪拍拍手：「媽媽除了守護我們，也守護著爸爸！」

「對！媽媽才是最厲害的！」映霜說。

愛玲看著他們一家的對話，泛起了淚光，她知道他們一家人，從來也沒有分開過。一秒也沒有。

「噠……噠……噠……」「噠……噠……噠……」「噠……噠……噠……」

在停車場的入口，再次出現了怪體的聲音！

同一時間，兩個身影被大量的怪種追趕與包圍！

他們是大勇與欣琴！他們從大操場被迫退到這裡！

不只是飛翼怪種，周天富安排的「盛宴」，還有大量的橫頭怪！

看來，就算周天富死去，他們依然未能說是安全！

「我們快逃！」

CHAPTER 12 03 TRUTH

學校一樓音樂室。

那些飛翼怪種知道大兵他們躲在音樂室，用力撞擊大門！

大門前的雜物快要被撞散！

消水已經舉起了斧頭，準備拚死一戰！

突然，大門外的聲音完全消失，安靜了一下！

「牠們……走了嗎？」德明問。

「我來看看。」消水從門下方的罅隙向外看，什麼也沒看到：「沒有，一隻也沒有！」

「太好了。」德明鬆了一口氣。

「不，牠們不可能這麼快放棄的。」大兵皺起眉頭：「應該說飢餓的牠們，根本不會放棄進食……」

大兵沒說錯，飛翼怪種不是離開了，而是……懂得找進入音樂室的其他方法！

玻璃碎掉的聲音在音樂室內出現！

懂得飛行的飛翼怪種從玻璃窗闖入音樂室！

牠們像瘋狗一樣見人就咬！

大兵、消水、德明奮力對抗，希望可以保護居民！可惜，以他們的能力，面對著飛翼怪種，根本是徒勞無功！

居民一個又一個被殺死！

「去你的！」

消水斬下了一隻在吃著人肉的飛翼怪種翅膀，牠不痛不癢地回頭看著他！

消水知道自己這次必死無疑！死對他來說沒什麼可怕，最遺憾是，他沒法拯救這裡的居民，他們將會通通死在音樂室內！

就在消水準備迎接死亡之時，突然，嘈雜的聲音在玻璃窗外出現！

強光照射入音樂室，讓他們沒法看清楚！不過，大兵對這些聲音非常熟悉！

「媽的，終於來了嗎？！」大兵大叫。

在窗外的，是一架迷彩色的……軍用直升機！

沒有半分猶豫，直升機向著音樂室內的飛翼怪種開火！

「大家趴下來！」大兵大叫。

槍炮的聲音不絕於耳，而且準確地命中室內的飛翼怪種！

問題是飛翼怪種被爆了半邊頭也不會死去，牠們真的會這麼容易被殺死？

不久，槍聲終於停止！

大兵緩緩地抬起頭看，在音樂室內的飛翼怪種全部倒下，牠們沒有被爆頭，卻全部死去！

這代表了什麼？

沒錯，在外面的人，終於研發出可以迅速殺死怪物的方法！

子彈中含有中和病毒的疫苗！

直升機傳來了廣播的聲音：「裡面的人類聽著，我們會把你們送到安全地方！」

這把聲音、這個消息，就是他們……

最好的聖誕禮物。

……

…

.

學校大操場。

同樣的情況出現在大操場，大批的地面部隊進入學校，他們手持特製的槍械，射殺怪體與橫頭怪！

除了一些難纏的怪體，大部分都是一槍一個，牠們立即倒地不起！

地面部隊用了一點時間清理大操場內的怪物，整個操場也變成了可怕的亂葬崗！

軍人從生命探測器中發現了校務處有人類的熱能，大批軍人走進了校務處。

他們正是月側一行人！

其中一個女性軍人看到了兩姊妹：「別要怕，我們是來……拯救你們！」

遲了一個多月的時間……

終於有人來救援！

CHAPTER 12 04 TRUTH

我們一眾人被帶到改建了的大埔墟體育館。

我被隔離在一間全是鏡子的房間，雙手被鎖在床上，我總是覺得在鏡子背後，有無數的人在看著我這個「怪種」。

我就像動物園的動物一樣。

最初要跟兩姊妹分開我是拒絕的，不過，軍方承諾山明等人會跟她們一起，我才放心跟映雪映霜分開。

雖然我們被救出，不過問題還未解決，至少在我身上的病毒，依然是最大的問題所在。

今晚發生的事，我到現在還未完全平復，我看著自己的雙手，誰也不會想到，我也變成了怪物。

我不明白周天富為什麼要我打下小黑的血，牠真的想我親手殺死自己的女兒？問題是我跟牠根本無仇無怨，牠為什麼要這樣對我？

我更在意的是，周天富所說的「我們」。

我覺得不只他一個人造成這次太和邨事件，一定還有人跟他合作。

是外面的人嗎？還是軍方的人？

房間的大門打開，一個穿上全身白袍，白髮的男人走了進來，在他身後還有一個像護士的女人。

「彰月側，你好。」他看似六十多歲，眼袋很大卻眼睛有神：「我叫高志孝，你應該聽過我的聲音，我是這所臨時生化病毒研究中心的主管。」

「我兩個女怎樣了？」我只想知道她們的安危。

「她們現在都很安全。」女護士說：「我們做了一些測試後，把她們帶到休息室，其他受傷的人也得到適當的治療。」

「你們何時會讓我離開？」我態度強硬：「我想見兩個女！」

就是這群人一直封鎖太和邨，讓我們沒法離開，導致日央死去，就算他們現在救了我們，我對他們一點好感也沒有。

他們對望了一眼。

「月側，我就這樣叫你吧。」高志孝說：「除了病原體鳥山治以外，你暫時是唯一一個被注入病毒血液的人，我們需要對你進行進一步的研究。」

「什麼研究？」我心中不安。

「請放心，我們不會對你做一些不人道的測試。」女護士說：「就好像侯清哲與趙欣琴一樣，我們沒有殘酷對待他們。」

「我怎可能相信你們？」我反駁：「你們把我們困在太和邨！讓我們自生自滅！」

「我們也是迫不得已……」

「迫不得已？你們知道這段時間以來，我們是如何生存下去？」

「如果我們當天沒有即時鎖邨，現在的世界，甚至是人類的文明也許已經毀滅了。」高志孝說：「如果你是身在外面的人，會讓病毒像新冠肺炎一樣擴散全世界嗎？你會讓兩個女兒接觸到染病的人嗎？」

他們就像用歪理去說出一些真理似的。

「至於有關你太太的事，我們真的深感抱歉。」女護士說。

聽到他們這樣說，我想直接揮拳打在他的臉上！可惜我的雙手都被鎖在床上！

我甚至可以變成怪種，把這兩個假仁假義的人殺死！

等等……

月側，等等……

我看著前方的鏡子，我只見到自己的樣子，不過，我知道有無數的人正在單面鏡後看著我。

不能這樣做！不能變成怪種！

只要我作出任何的反抗，外面的人一定會把我殺死，我可能會死在這裡，永遠也見不到映雪映霜！

月側，你要冷靜！

我不需要反抗，就算是，也不是現在。

現在我應該要……配合他們。

「要我原諒你們，配合研究也可以。」我冷冷地說：「不過，我要知道所有事情的來龍去脈！」

高志孝皺起眉頭看一看女護士，然後，說了一個我從來也沒聽過的名字。

「*上帝之源。」

＊上帝之源，一個富可敵國的隱藏組織，詳情請欣賞孤泣另一小說《APPER人性遊戲》。

CHAPTER 12 05 TRUTH

上帝之源。

一個富可敵國的隱閉組織，它在全世界的資產總值，粗略估計只用10%就可以買起全球十大市值最高的上市公司。

這只是可以「估計」的財力，沒法估計的更是天文數字。

曾經有人認為，這個叫「上帝之源」的組織，根本就不是由地球人管理，而是由外星生物掌管，不過，這些都只是謠言和陰謀論。

「這次的Honster病毒，就是這個組織的計劃。」

高志孝繼續說。

最初發現太和邨出現Honster病毒時，他們知道事情會非常嚴重，所以生化研究部與各國政府合作，作出迅速的決定……封鎖太和邨。

跟大兵所說的一樣，他們利用高科技投射影像，把整個太和邨跟外面分隔，外界的人根本不知道太和邨發生了什麼事。

「太和邨以外的地方……」我問。

「一切如常生活。」女護士說。

「不可能沒有人反對你們的決定！」我反駁。

「最初，的確有許多不同組織反對我們鎖邨的決定，不過，世界上有太多事情發生，很快已經淡化了事件。」高志孝說：「就像以巴衝突一樣，最初大家都很關心，甚至每晚看直播，慢慢地，已經沒有人再理會當地人的死活。」

擁有二百萬居民的加沙也是如此，更何況太和邨只有兩萬人？

「每個人都有自己的生活，你也不能怪責外界的人。」女護士說：「而且我們會每星期向他們發佈太和邨的消息，令他們不會起疑心。當然，那些都是一些偽造的影片。」

她說得輕描淡寫，我卻心中一寒。

太和邨死了這麼多人，根本就沒有人知道！

「上帝之源非常聰明，它們沒有選擇落後地區作為Honster病毒的測試場地，反而選擇繁榮都市的一條邨。根本就沒有人會相信，在太和邨的地下水道，一直也在進行病毒測試。」高志孝說：「更沒有人會想到，最終在老鼠身上的病毒，成功移植到人類身上，出現了第一個擁有病原體的小孩。」

他所說的是小黑。

「就算被發現，也只是一個被拐帶失蹤的小孩，根本就沒有人會想到他就是病原體。」女護士說。

他們研究發現，有人在地下水道把帶有病毒的老鼠血水，混入飲用的食水水缸內，太和邨的居民才會陸續變成怪體。

太和邨出現第一宗病例時，他們發現已經太遲，只好封鎖整條太和邨。

「是……周天富……」我瞪大眼睛說。

「對，我們已經調查過這個人，他是上帝之源的其中一位成員，五年前他拐帶了烏山治進行病毒研究，然後利用整條太和邨來進行他的實驗計劃。」高志孝說。

太瘋狂了……

我大概也知道是周天富所為，不過親耳聽到真正的來龍去脈，讓我覺得更加的震撼！

「等等……」我說：「我的家人與朋友，最初都沒有變成怪體……」

「是濾水器。」女護士說。

「你們已經知道？」

「因為……」高志孝身體傾前認真地說：「那間濾水器公司，也跟『上帝之源』有關。」

怎會？！

CHAPTER 12 06 TRUTH 真相

太和邨內。

軍人日以繼夜地拯救仍然生存的居民，與其說是拯救，他們更像是在太和邨殺戮怪物，生還的人已經不多，怪物卻佈滿了整個太和邨。

寶雅苑的小型硬地足球場，成為了怪體與怪種的「火化場」，濃煙高聳入雲，不斷有屍體被帶到這裡火化。

在康樂中學也能夠嗅到「燒屍」的味道。

學校的更衣室內，濃煙已經被吹到這裡。

濃煙吹到「他」的臉上。

一個本來已經死去的人，突然……復活了。

「他」看著地上張開萍支離破碎的屍體，苦笑了。

「媽的，真的很痛呢。」

「他」緩緩地站了起來，身體開始出現變化……

瞳孔變成了紅色，皮膚開始腐爛，肌肉膨脹起來……變成了怪種！

這個人……**究竟是誰？**

……

…

.

太和邨被封鎖七天前，地下水道。

一個穿著有帽衛衣的男人、一個小孩，還有一籠老鼠，來到了這裡。

男人把老鼠的血水加入太和邨的飲用食水水缸內，血水化成了清水，跟人類飲用的食水混合。

那個小孩就是烏山治，小黑。

完成後，男人收到了電話。

「完成了嗎？」在電話中的人說。

「完成了，很快就有好戲看，嘰嘰。」男人說。

「從此以後，世界將會變得更有趣！」電話中的人瘋狂大笑。

這個瘋狂大笑的人，就是周天富！

等等……

如果電話中的人是周天富，那個穿著有帽衛衣的男人，究竟是誰？

沒錯，這個男人，就是周天富所說的……「**我們**」。

一直隱藏在深處的人！

周天富根本就不是最後的大魔王，這個男人才是……

真正的終極魔王！

……

…

.

大埔體育館鏡子房間內。

「濾水器公司跟『上帝之源』有關？」我問：「是什麼意思？」

「你跟家人使用的濾水器，在感染病毒之前，已經可以過濾病毒。」高志孝說：「你們不是『有運』不被感染，而是一早被『安排』不被感染。」

「怎會……」我完全沒法相信。

同時，我想起了一個人……

一個跟我出生入死的人！

自清！

高志孝說，世界上不可能「未出現病毒」就有「解藥」。

那為什麼我們在病毒出現前，已經可以使用有「免疫」效果的濾水器？

只因……都是一早安排。

「朱自清。」女護士說：「他是濾水器公司的繼任人。」

「哈，怎可能！他只是公司的其中一個員工！」我說。

「鄰居的事你又知道幾多呢？」女護士說：「就算是住在同一大廈同一層，你也不會知道鄰居其實是一個怎樣的人。」

這句說話，我也曾經說過。

「我演得有點累了，不玩了。」女護士突然說：「讓我坐下來。」

高志孝立即站起來，她坐下。

「就好像你現在看到的一樣，其實我根本不是什麼護士。」

高志孝替她點起香煙。

「我叫紫式部，我才是生化研究部的最高決策人！」她吐出了煙圈。

我想起來了，她的聲音與語氣，就是最初電視廣播中的女人！

她解釋，最初不想別人知道自己的真正身份，才會扮作助手。

跟我聊天過後，覺得我可以信任，才正式表露真正的身份。

「你給我聽好。」紫式部說：「你被注入烏山治的血液，一切都可能是⋯⋯計劃之內！」

CHAPTER 12 07 TRUTH 真相

大埔墟體育館的女生浴室內。

愛玲、雨彤，還有映雪、映霜，他們經過檢驗測試與治療後，工作人員讓她們洗澡。

她們已經很久沒有真正享受洗澡，愛玲與雨彤在替兩姊妹擦背。

「不知道爸爸現在怎樣了？」映雪問。

「沒事的，妳們很快就可以再見爸爸。」愛玲說。

「小黑呢？小黑也被帶走了。」映霜說。

愛玲與雨彤對望了一眼。

「小黑應該去了修煉，他想變成像你爸爸一樣強！」雨彤說。

「真的嗎？」映霜說：「我還要請他吃炒蛋啊！」

「他回來後妳就可以煮給他吃了！」愛玲笑說：「或者妳教他煮給妳吃，嘻。」

當然，愛玲知道小黑未必可以這麼快回來，因為他就是所有病毒的源頭，研究人員會在他的身上不斷測試與研究。

「愛玲，妳臉上的疤痕還痛嗎？」雨彤覺得很可惜，愛玲的臉上留有疤痕。

「不痛了。」愛玲微笑：「就當是婆婆留給我的回憶。」

她很堅強，比任何同齡的女子也堅強。

「愛玲姐姐、雨彤姐姐，我們是不是已經完成了遊戲？」映霜問。

「對，已經完成了！哈！」雨彤說：「終於打爆機！」

兩姊妹非常高興。

不過，愛玲心中總是覺得，事件還未真正的落幕。

……

……

.

另一邊男子休息室。

山明的手臂得到了正規的治療，他們已經梳洗完畢，回到了休息室。

「太好喝了！」消水喝著營養飲品：「這個多月來，這是我喝過最好喝的！」

「因為我們已經安全了。」德明也喝了一口：「不再每天擔驚受怕，什麼也會變好喝吧。」

研究人員與軍方已跟他們說，很快會讓他們回家見家人，不過，在這之前他們一定要簽訂保密協議，不能告訴任何人在太和邨發生的事。

「他們開出的條件，根本不可能拒絕。」德明說。

「我做一世消防員也沒賺到這麼多錢。」消水看著上方的光管。

「但太和邨有很多人死去，就這樣隱瞞真相嗎？」山明說。

月側的太太日央、愛玲的婆婆、消水的消防員同袍、他的好友劉仁偉、變成怪種的侯清哲、大兵的軍人朋友馬仁信、保安權叔、麗和樓十一樓的鄰居，還有很多很多太和邨的居民，他們也死得不明不白。

「問題是如果我們不接受會有什麼下場？」大兵說：「而且我們把事情說出去，真的會有人相信？」

「他們一定會用盡方法把我們送進精神病院。」德明說。

大家也沉默了下來。

「我什麼也不想了，只想跟我的老婆與兒子見面。」消水打破了沉默。

「我們的家人知道我們還未死去，一定會很高興！」德明說。

「喵～」

此時，小白也走到了休息室，牠跳上了山明的大腿上。

「我們男生在討論，你也一起加入嗎？」山明笑說。

「我們不就當自己是一隻貓，想告訴別人也沒有人聽得懂。」大兵摸著牠的頭。

「我要知道他們怎樣處理山治才決定要不要簽協議。」山明說。

「對，還有大勇、欣琴，也還未知道他們的情況。」大兵說。

「還有月側。」消水說：「如果他們有什麼不測，我想我不會答應他們的條件。」

大兵沒有說話，跟消水輕輕擊拳。

「就聽你們的。」德明說。

「我們就這樣決定吧！」山明說。

這一個多月來，他們同甘共苦，一同對抗怪物，已經建立了不能動搖的友情。

或者，過了十多二十年後，他們依然是最好的朋友。

最好的戰友。

CHAPTER 12 08 TRUTH

真相

兩小時後，我回到休息室。

「爸爸！」

「我兩個寶貝女！」我把她們兩個抱起吻在她們的臉上。

「爸爸鬚鬚！」映霜笑說：「拮拮！」

「就是要拮妳們！」

「不要！哈哈！」映雪也在笑。

我終於可以見到她們，不見她們幾個小時，已經很掛念她們。

「月側，沒事嗎？」山明問。

「沒事。」我笑說：「謝謝你們照顧我兩個女。」

「才幾個小時而已。」愛玲說：「現在把她們交回給你了。」

「我們明天再聊吧。」山明知道我想跟兩個女兒一起。

「好。」我看著兩姊妹：「來吧！跟爸爸一起睡覺！」

「爸爸要說故事！」映霜說。

「妳們想聽什麼？」

「怪獸故事！」映雪說。

「鬼故事也可以！」映霜說。

我看著她們期待的眼神，然後再看看山明他們，我們一起笑了。

最喜歡怪物、怪獸，我這兩個女，長大後要怎樣嫁人呢，嘿。

山明離開後，我跟映雪映霜一起睡到床上，她們一左一右睡在我身邊，然後我跟她們說了一個叫*《世界上沒有鬼》的小說故事。

她們一點也不怕，而且覺得很刺激，不過，今天實在太累了，她們快要睡著。

「爸爸……我們現在……是幾多等級？」映雪睡眼惺忪。

「現在嗎？」我想了一想：「啦啦啦啦喇嘻啦喇啦！妳們現在是98等級！」

「98級……不是跟爸爸一樣厲害？」映霜問。

「對，爸爸有妳們才可以到達98級，所以妳們其實比爸爸更厲害。」我溫柔地說。

「太……好了……」映霜已經甜甜地睡著了。

「爸爸……聖誕快樂……」映雪說完後，也一起進入夢鄉。

「聖誕快樂。」我輕聲地說。

看著她們甜美地入睡，沒有比現在更幸福了。

這個多月來，她們是我們之中最強大的遊戲角色，如果沒有她們，我想我們全部人都已經崩潰GAME OVER。

「其實妳們已經是99級了，不過，我暫時不能讓妳們去見媽媽。」我摸著她們的秀髮：「等妳們長大成人後，就會明白為什麼不能去到最高等級。」

不知道她們長大後，還會不會記得在太和邨發生的故事呢？

她們會不會相信我所說的童話故事呢？

就算她們不相信，也希望她們明白，為什麼我要說謊、為什麼要欺騙她們。

請原諒爸爸媽媽對妳們說謊。

我吻在她們可愛的臉蛋上。

我回憶起兩小時前，在鏡子房間紫式部跟我說的話。

……

…

.

「你給我聽好。」紫式部說：「你被注入烏山治血液，一切都是……計劃之內！」

「什麼意思？」我非常驚訝。

「朱自清跟周天富都是『上帝之源』的人！他們除了利用烏山治，還把你們用來做實驗品！」紫式部向我吐出煙圈。

「不可能！那個濾水器讓我們沒有變成怪體！」我反駁。

「只是因為他們對你們的實驗成功，但如果是失敗呢？」紫式部說：「他們根本不在乎你們的生死。」

我呆了一呆。

「無論實驗是否成功，你們一家與其他人，都是朱自清的實、驗、品！」

根本不可能！

自清就像我的親弟弟一樣，他不可能一直利用我們！

而且他已經死去……

「我還沒跟你說。」紫式部表情認真：「我們的軍人在學校更衣室中，找不到朱自清的屍體。」

我聽到後非常驚訝！

＊《世界上沒有鬼》，孤泣另一部作品，詳情請欣賞《世界上沒有鬼》。

CHAPTER 12 09 TRUTH

我從回憶回到現實。

山明和愛玲也親眼看著自清死去，他們不會騙我。

如果……

只是如果，自清真的像紫式部所說，他怎也是救了我們一家，還有救了山明與愛玲，他絕對不會傷害我們。

「自清哥哥才不會傷害我們，對吧？」我跟兩個已經入睡的女兒說。

就在此時……

突然有一種奇怪的聲音在我腦海之中出現！

這是我從來也沒聽過的聲音！

不！周天富曾經也發出過這樣的聲音！

我看著映雪映霜，她們還是在美夢之中，只有我一個人聽到！

「發生什麼事？！」我走進了洗手間，用清水洗臉。

不行！聲音愈來愈大！那種噪音就像吸引我去另一個地方！

我看著鏡子中的自己，頭上慢慢長出鋸鍬形蟲的角！瞳孔也漸漸放大變成紅色！我沒法控制自己變異！

究竟發生了什麼事？！

現在我腦海中只有一個想法，就是跟蹤聲音的來源⋯⋯

我打開了休息室的窗，然後一躍而下！我背上的骨腳足插入地上緩衝了我墮下的衝力！

不到兩秒，我已經安全著地！

我看著聲音傳來的方向⋯⋯

太和邨！

⋯⋯

⋯

.

太和邨麗和樓十一樓。

走廊上方的光管一閃一閃，有一個人正坐在電梯大堂，等待他的到來。

沒錯，這個人就是……朱自清。

張婆婆被虐殺的那天，他說聽到奇怪的聲音，張開萍突然離開只是謊言。當天是他告訴了張開萍自己的真正身份，張開萍非常高興，而且成為他的手下，願意跟他……**繼續演戲**。

平安夜那夜，在更衣室中，張開萍根本殺不死自清，全都是自清的計劃。

一直隱藏身份的計劃。

怪聲是他發出的，他喝著啤酒，等待著……月側的到來。

不久，一個身影從外牆跳入了十一樓的電梯大堂！

「我還以為你乘升降機上來，嘿！」自清說。

來的人是月側！他用背上的八隻骨腳足爬上十一樓！

月側看見了自清，變回了人類的身體。

「自清……」月側的眼神帶點傷感。

他在跟蹤聲音的路程中，大約也猜到呼喚他的人就是自清。

「身手真不錯，怪不得天富會被你殺死！」他說。

「跟我說，都是假的，你只是被人陷害，對嗎？」月側眼神痛苦：「你不是整件事的幕後黑手。」

自清把一罐啤酒掉向月側，月側快速地接著。

「不，你錯了，全都是我做的，哈！而天富是我助手。」自清輕佻地說。

「怎可能！」

月側還是不相信跟自己出生入死的人，竟然一直在說謊！

「你記得嗎？最初我們在愛和樓十一樓走落地下，當時我掉下了一把水果刀，吸引了怪體追殺，其實我有心這樣做！哈哈！」自清撥弄自己的頭髮：「我的演技不錯吧？老實說，我很享受這次的角色扮演，嘰嘰。」

月側不斷搖頭，沒法接受這個事實！

「能夠做你們的鄰居……能夠跟你們一起經歷……我已經很滿足……山明……對不起……」自清扮著死前跟山明的說話：「哈哈哈哈哈！我根本就是金像影帝！」

「不！如果你是幕後黑手，小黑怎會不認得你？！」月側說。

「牠不是不認得我，而且我一早已經告訴牠，別要揭穿我！」他笑得非常狡猾：「牠知道如果我被揭穿，牠會有怎樣的下場。」

「是你給我們濾水器，我們才沒有變成怪體！都是你幫助我們！」月側繼續嘗試找證據。

「只是一個實驗，最後竟然成功了，哈哈！」自清說：「我之前跟你說有一份濾水器的名單都是假的，因為就只有你們幾個人安裝了濾水器，成為我的……實驗品。」

跟紫式部所說的一樣，只是實驗成功了，月側他們沒有被病毒感染，才以為自清無意中拯救了他們。

「其實我一早已經給你們提示了。」自清說：「我不是說過，所有事情都跟我們麗和樓十一樓有關？只是你們沒一個人在意我這句說話！」

「不……」

月側還是不肯相信，直至自清拿出了一樣東西。

「怎麼你總是冥頑不靈？」自清說：「看看這個，你相信了嗎？」

那東西……

CHAPTER 12 10 TRUTH

大埔體育館。

山明和愛玲來找月側，卻發現房間只留下映雪映霜在睡覺，他不在房間內。

「他怎會掉下兩個女？」愛玲說。

山明走到窗前，看著打開了的玻璃窗。

「月側不可能從正門離開，他應該是在這裡跳下去……」山明猜測。

「他要去哪裡？要這麼急？」愛玲問。

他們一起看著前方，是……太和邨。

……

…

．

麗和樓十一樓。

自清把一張相片遞給月側看，相片中，是自清與……周天富！

在他們的手上是一個手抱的孩子，他的眉心上有一個交叉的疤痕，他就是小黑！

「還需要更多證明嗎？」自清說：「這是我們五年前拐走鳥山治時拍的相片。」

月側緊握著拳頭：「為什麼你要這樣做？」

「人有很多原因去破壞世界的秩序。」自清說出在地下水道所說的話：「我只是不想人類被規則所限，創造出一個有趣的世界！你想想，當世界再沒有人在工作，大家都變成怪體，只是為了吃飽而互相廝殺，不是很有趣嗎？」

他所說的根本就是歪理！不過對於被「上帝之源」洗過腦的自清，這就是真理！

「世界太不公平了，來一場『大洗牌』不是更加好嗎？」他也曾經說過這句說話：「將這種變成『怪種』的病毒用在戰爭之上，增強人類的能力，就可能進行大洗牌！」

雖然自清沒有表露身份，不過，從他的說話中，已經聽得出他內心的計劃！

「我問你……**為**、**什**、**麼**、**你**、**要**、**這**、**樣**、**做**？」月側重複他的說話。

「我不是回答了你……」自清想了一想，笑了。

月側才不關心他歪曲的世界觀，他只想知道……

為什麼要利用他們！

欺騙大家的感情！

他們是最好的前輩後輩、鄰居，甚至是朋友！月側腦海中出現了那個傻傻的自清樣子，還有一起出生入死的畫面。

「月側啊月側，哈哈哈哈！」自清捧腹大笑：「別這樣老套好嗎？我從來也沒有當你是朋友！我這樣對你們，都是因為我覺得你們太笨！太容易相信鄰居！你還說過我會有一個很好的未來，真的笑死！哈哈哈哈哈哈！」

月側非常生氣！

「跟兩個女說什麼童話故事？真的太可笑！」自清指著他：「明明真實世界是最殘酷的，偏偏你要欺騙她們！」

「你根本不明白！」月側反駁：「小小年紀的她們，根本不需要接觸殘酷的世界！至少，現在不需要！」

「你知道嗎？從小我父親已經教我，如何去踏著別人而生存……」

「所以才教出這樣的一個你！」月側沒等他說完搶著說：「戴上虛假的面具去欺騙相信你的人！」

「現在，我不需要聽你說教！」自清拿出了一個奇怪的按鈕：「還有更重要的事等著你去做，因為你不打敗我，你兩個寶貝女……再不會有未來！」

「什麼意思？」月側心知不妙。

然後，自清把按鈕吞下肚。

「這是一個微型炸彈計時器，如果你沒法在指定時間內破壞它，炸彈將會爆炸！」自清說。

「什麼？！」

「我叫你來就是想證明，你不是最強的怪種！」自清的身體開始出現變化：「我才是！」

自清從來也不相信用「愛」驅動的怪種能力會比他強大！

破壞、仇恨、兇殘才是最強的催化劑！

「等等……你說的微型炸彈是指……」

自清奸笑。

……

…

.

體育館房間內。

映雪映霜還在甜美地入睡，突然，在映霜的小背包中，出現了一下微小的聲音。

再深入看，在背包中的佐久間水果糖罐內，出現了閃爍的燈光。

一顆不是水果糖的東西，在糖罐之內！

微型炸彈就在裡面！

炸彈的威力非同小可，絕對可以把兩姊妹炸到粉身碎骨！

CHAPTER 12 11 TRUTH

十一樓。

「打敗我破壞按鈕，你就可以拯救她們！」

自清的瞳孔放大變成鮮紅色，牠的身體開始變異，從牠的腰間長出了新身體，是一對由骨骼組成的後腳，牠就像人馬一樣站立著！

牠的頭部快速拉長，就如電影《異形》的異形頭顱，頭頂有一層反光的物質，牠的身體變成了全黑色，出現了一個又一個的黑洞，不停地擴張與收縮，就像在呼吸一樣！

那些黑洞，像要把世上的人和物全部吞噬下去！

「按鈕就在這裡！」自清指著自己的身體：「快來取吧！你只有六分鐘時間，嘰嘰！」

六分鐘？月側能夠回去體育館嗎？

不，自清絕對不會讓他輕易逃走！

打電話向山明求救？

不，太和邨內還未恢復網絡！

現在，月側只有一個選擇！

月側瞳孔放大變紅，頭上長出鋸鍬形蟲角，身體皮膚脫色變成半透明，脊椎骨長出八隻骨腳足，鋒利的尾巴也同時出現！

他要打敗這個一直在欺騙自己的人！

沒有多餘的說話，月側向著自清攻擊！

他用上比對付周天富更快的速度，可惜……攻擊落空！

自清快速地閃開！

「啊？天富就是敗在你這速度之下？」自清的手長出尖骨：「也未免太弱了！」

尖骨插入了月側的腹部，自清向左一拉，月側半透明的身體被劏開！

月側立即向後退，他感覺到周天富與自清的力量，是完全不同的級數！

自清沒有給月側喘息的機會，牠繼續快速用雙手的尖骨攻擊他！

月側的八骨足像有生命一樣，格擋著自清的攻擊！

「不錯！防衛能力很好！」自清身上的黑洞動得更快：「不過，你的目的是要把我打敗，然後破壞我體內的按鈕，而不是躲避！」

自清改變攻勢，一個重拳轟在月側的身上！

力量太大，月側被遠遠打飛，向後飛到走廊的盡頭，撞上了牆壁！

「媽的！」月側口吐鮮血。

「竟然沒法打穿你半透明的身體！下一拳一定要再加點力！」自清氣定神閒地說。

就趁牠輕敵之時，月側的八骨足快速刺向自清，可惜自清速度更快，牠兩手把其中兩隻腳扭斷！

「呀！！！」

就算是變異而成的骨足，也是月側身體的一部分，他痛苦地大叫！

自清突然反轉了身體，牠要做什麼？

就像馬一樣，牠用長出的後足，踢向月側！

後足比拳頭力量更強，月側整個人被踢向1112室的單位！木門也被撞爛，他倒在自己的單位之內！

「也不錯，死在自己的家也不錯！嘰嘰！」自清在門外奸笑。

這一踢力度太重，月側出現了腦震盪的情況，他想再次爬起來卻力不從心，身上已經有多處骨折！

「還有……不夠五分鐘。」自清說。

月側看著電視櫃上，他們一家四口的相片，大家的臉上也掛上了笑容，非常幸福。

兩姊妹出生後，是他一生最快樂的時光。

明明就可以繼續幸福下去……

就算窮，也可以幸福下去……

可惜，就因為自清與「上帝之源」的研究計劃，把整個太和邨徹底毀滅，把月側一生最愛的人殺死。

像相片中一家四口的快樂笑容，再不能出現。

永遠也不能再出現。

月側低下了頭……不禁流下眼淚。

「哭了？哈哈哈！你怎樣了？不想下地獄一家團聚嗎？」自清走進了單位：「我一定會等你兩個女被炸到身首異處後才殺你！放心吧，你們一定可以……一、家、團、聚！」

不能讓她們的生命，停留在四歲……

不能再有深愛的身邊人死去……

不能就這樣放棄！

此時，月側的身體再次出現變化！從來也沒在怪種身上出現過的變化！

月側緩緩地抬起頭！

他的瞳孔由紅色……變成了異色瞳！

一邊變回了黑色，而另一邊變成了……**彩色！**

FINAL CHAPTER 爸 爸

DADDY

FINAL CHAPTER 01 爸爸 DADDY

從來也沒有人想到，「上帝之源」會選擇在太和邨的地下水道，來進行病毒的實驗。

而且進行實驗的，是一個年輕人。

朱自清。

因為朱自清父親的濾水器公司，暗裡隸屬於「上帝之源」，他的父親推舉了朱自清成為秘密實驗的主導者。

他們安排了一對假的父母，跟朱自清住在1111室，方便他在地下水道進行實驗。

當然，後來他的父母雙亡都是假的，只是月側他們信以為真。

本來的計劃就只有朱自清一人，不過後來他遇上了1113室的周天富，他發現周天富跟自己有相同的理念，結果一拍即合，周天富成為他的助手。

最初，他們研究米氮平(Mirtazapine)這種抗重度抑鬱的藥，卻被人搶先用在貓身上。後來他們發現了「第三種」交感神經，米氮平可以讓「第三交感神經」突變，於是他們在白老鼠身上做測試。

他們的病毒實驗並不順利，在地下水道的一個密室中，堆滿了如山一樣高的死白老鼠，而且還傳出惡臭，病毒實驗顯然是失敗。

直至有一天，朱自清把心一橫捉來了坑渠老鼠來代替白老鼠做試驗，他沒想到，實驗因而得到突破性的發展。

最後，終於研發出Honster Virus病毒。

他們發現，在坑渠老鼠身上實驗成功的原因，是因為牠們不像白老鼠只吃鼠糧，而是「雜食」。

雜食這方面，不就跟人類很相似？

然後，他們利用老鼠的病毒血液，注入那些黑奴體內，發現潛伏期為七天。

結果，黑奴變成了怪體。

他們還發現，根本不需要「注入」血液，只要把血液混入水中，只要人類持續飲用帶有病毒的水，有同樣的效果。

後來，就是朱自清把老鼠的血液加入食水缸，太和邨居民才會變成怪體。

朱自清並未滿足於實驗的結果，「怪體」都是沒有思考的生物，他想更進一步研發變成怪物後，仍有「人類思考」的生物。

他們開始在人類身上試驗病毒，經過人口販賣，在貧窮的地區找來了更多的黑奴，用來繼續他們的實驗。

可惜，沒有任何進展。

朱自清發現一個問題，人類的「雜食」習慣比老鼠更甚，長期「雜食」反而不能讓病毒加速繁殖。

但如果可以做到適可而止的「雜食」呢？

然後，他有一個大膽的想法。

「**母體雜食**」。

「雜食」的不是實驗品本身，而是從雜食的母體中吸取養份，就能做到適可而止。

不過，剛出生的嬰兒不適合，因為嬰兒身體太弱，大約一歲的孩子就是最好的實驗對象。

終於，他們拐走了當時只有一歲的烏山治。

在只有一歲的烏山治身上，他們進行了很多慘無人道的試驗，最後……

他們終於成功了。

世界上第一隻初代突變第二型「怪種」……終於誕生。

後來，他們更發現加入「煙草花葉病毒」，可讓「怪體」變成飛翼怪種等進化怪物，還有，患有蠶豆症的人類被咬後也會變成「怪種」。

不過，最純正的方法，就是注入烏山治的血液。

周天富是第一個注入烏山治血液的人，他變成了有意識的怪種。

當時，朱自清看到周天富沒有異樣，他也注入血液，最初注入血液的他們，就如「牛初乳」效果一樣，「初血」是最新鮮，最強大。

朱自清不只研發出人類變異成突變第二型「怪種」的方法，他還研發防止染上病毒的濾水器，他的公司將會因此而賺取暴利。

就如世界上的藥廠一樣，誰知病毒是不是由藥廠散播？然後藥廠製造出對抗病毒的藥物，大賺特賺。

而朱自清用上的實驗對象，就是跟研發事件完全無關的鄰居。

幸好，濾水器研發非常成功，月側他們才沒有變成怪體。

如果是失敗了？

對於假仁假義的朱自清來說，也只不過是死了幾隻……**白老鼠**。

FINAL CHAPTER 02 DADDY

太和邨淪陷後，朱自清一直在「演戲」，他想看看月側他們這些「實驗品」有沒有什麼異樣。

他一直扮演著「弱者」，一直留在他們的身邊。

自清非常討厭那兩姊妹，她們只懂活在童話世界之中；同時他心中有一份妒忌的心理，因為從小到大，自清也沒得過父母的愛，父母只教他怎樣踩著別人生存。

其實他一早就可以殺了兩姊妹，那天她們把小丑貼紙貼在自清身上時，當時就已經很想殺了她們。

不過，這樣就殺了兩姊妹，自清覺得太便宜她們了。

那要如何對付她們？

最好的方法，就是殺死她們至親的人。

當天在音樂室，本來那個老波沒這麼快變成「怪體」，自清在他身上做了手腳，快速激活他的變異，最後日央死在變成怪體的老波手上。

本來，他以為兩姊妹會非常痛苦，自己會很高興；可惜，月側說升到99級就可以去找媽媽，兩姊妹真的相信了。

本來痛苦的她們，擁有了「希望」。

他媽的童話故事。

他的計劃失敗，心中的妒忌就更大。

本來，已經完成病毒計劃的自清，可以從地下水道離開，他卻被強大的妒忌心牽引，他要對付月側，還有他兩個女兒。

性格扭曲的他就像忘記了自己真正的計劃，開始偏離目標，他要對付月側一家。

要他們一起下地獄。

當時月側不明白跟周天富無仇無怨，為什麼他要對付自己，其實，是朱自清吩咐周天富去對付他們。

平安夜那個晚上，自清決定解決他們一行人，他吩咐周天富來學校進行一場「殺戮的盛宴」。

他的計劃是在當場扮作死去，然後……「**復活**」。

他要看到月側親手殺死自己兩個女兒，然後，復活跟他說出自己真正的身份。

他要看到最痛苦的月側，還要他看著自己滿足的笑容。

可惜，他沒想到周天富不敵月側，反而被殺。

周天富不敵月側，是因為在月側身上，存在著……「愛」。

對鄰居的愛、對朋友的愛、對妻子的愛、對女兒的愛。

自清認為可以讓怪種變強的人性，包括自私、醜惡、妒忌、貪婪、兇殘、猜疑、爭鬥、排擠、欺騙等等……

全都輸給了一個「愛」字！

他沒法再忍受這一種侮辱，自清決定要親手殺死月側，還有他兩個女兒！

他們一家這麼喜歡遊戲嗎？

自清就和月側來一場「遊戲」，可以炸死他兩個女兒同時，讓月側生不如死地戰鬥！

他要證明擁有「初血」的自己才是最強大，他要月側明白「童話故事」都只是騙小孩的把戲！

對付月側的計劃一次又一次失敗，這次他要真正剷除這個心魔！

不過，他沒有想到自己的病毒研究，會超越了自己的想像。

自清以為突變第二型「怪種」已經是最終形態。

他從來也沒想到，人類的「愛」可以激發奇蹟。

激發出Honster Virus病毒的……

第三形態。

……

……

．

太和邨麥當勞前。

山明與愛玲從體育館偷走出來，他們知道月側掉下兩個女兒離開，一點都不尋常。

如果要選擇一個月側會去的地方，就只會想到他的居所，麗和樓十一樓1112室。

他們來到了麥當勞和麗和樓的空地，準備回去十一樓看看月側是否回去了。

就在此時！

「**轟！！！**」

巨響突然出現在他們面前！

兩隻怪種從十一樓墮下來到地面！如果是普通人一早已經死去，不過他們是兩隻最可怕、最強大的怪種！

他們就像兩隻猛獸，一直互相廝殺！

呆了一樣的山明與愛玲，根本不知道發生什麼事，直至愛玲看到其中一隻怪種……

「是月側！」

FINAL CHAPTER 03 爸爸 DADDY

兩分鐘前。

月側看著電視櫃上的相片，一家四口的快樂笑容，已經……再不能出現。

永遠也不能再出現。

月側低下了頭……流下了眼淚。

「哭了？哈哈哈！你怎樣了？不想下地獄一家團聚嗎？」自清走進了單位：「我一定會等你兩個女被炸到身首異處後才殺你！放心吧，你們一定可以……一、家、團、聚！」

月側的身體再次出現變化！

他緩緩地抬起頭，瞳孔由紅色變成了異色瞳，一邊變回了黑色，而另一邊是……**彩色！**

不只是瞳孔，他被扭斷的骨足再次長出，背上的八隻腳變成了像水一樣的彩色發光液體！

根本不合物理邏輯，液體像有生命一樣飛向自清！把牠的手腳纏住！

「怎會這樣？！」自清非常驚訝。

月側快速把牠拉向自己，他的目標是自清身體內的爆炸按鈕！

自清回神過來！

牠才不會被月側輕易取得按鈕，立即向月側揮拳！同時，牠身上的黑洞發出骨刀，把纏住牠的液體觸手切斷！

自清的巨拳落在月側受傷的腰上！

等等……不對，牠的手被月側的尾巴纏住沒法動彈！

他們近距離對望了一眼，就在不足半秒的時間，自清看著月側的彩色瞳孔，感覺到月側已經再次進化！

自清內心突然出現了……恐懼！

下半秒。

自清在意想不到的時間裡，臉上中拳！

不是一拳，而是瘋狂地中拳！

牠完全沒辦法停止下來，身體不斷向後退，牠的後腳撐著才勉強讓牠沒有倒下！

攻擊終於停止，自清的頭部已經被打到變形，牠看著前方……

人呢？！

牠沒看到月側，因為月側已經來到了牠的背後！

月側一個又快又狠的手刀！

把自清長出來的身體與後足，攔腰斬斷！

血水與後足像爛肉一樣掉在地上！

自清非常痛苦！回身一個橫邊槌攻向月側，月側單手把牠的手臂檔下，然後用力一扯，自清的手臂整隻被扯了下來！血水噴向上方，腐蝕性的血液溶化天花板！

「給你……最後的機會。」月側在自清的背後說。

月側的手已經捉住自清的後腦，他身上散發著的彩色氣勢把自清的黑色氣勢完全蓋過！

第三形態。

「愛」可以激發最強的第二形態，再加上為了深愛的人激發出的「憤怒」，讓月側變成史無前例的第三形態！

「把按鈕交給我，我放過你。」月側冷冷地說：「你對世界怎樣我不想理會，對我來說，兩個女才是最重要。」

在月側的內心，對這位鄰居還有一份手足之情，而且他內心真的希望自清會有改過的一天。

最初，不是自清用月側一家來做實驗，他們也許已經一早變成了怪體。

月側決定給自清最後一個機會！

「好……好……」自清慢慢轉身，看著月側：「來到現在……看來也沒辦法了，沒想到你可以再進化，我很感動呢。」

自清面向月側，然後輕輕地擁抱著他。

月側有一點錯愕，不過，他沒有對牠出手。

「你真的是我……」自清高興地說：**「最妒忌又最成功的實、驗、品！」**

牠單手抱著月側，然後把他推向窗邊，牠要跟月側來一個……

同歸於盡！

FINAL CHAPTER 04 爸爸 DADDY

「轟！！！」

他們從十一樓墮下來到地面！如果是普通人一早已經死去，不過他們是兩隻最可怕、最強大的怪種！

自清根本沒有真的悔改，牠只想殺死眼前這個讓牠充滿妒忌的男人！

他們就像兩隻猛獸，一直互相廝殺！

山明與愛玲正來到這裡！

「是月側！」

「有炸彈！」月側跟自清一面戰鬥一面說：「她們的糖果罐內！只有最後兩分鐘！」

山明他們大約明白月側的意思！

「牠是……自清！一切都是牠的計劃！」月側一拳轟在牠的臉上。

「什麼？！」山明完全沒法相信。

此時，愛玲拿出了一樣東西！

是最後的「希望」！

他們曾經用過的軍用對講機，她一直也帶在身上！同時，學校內的中傳站仍然在運作！

「我聯絡雨彤！」她大叫。

「快！！！」月側說。

自清聽到愛玲的說話，想向她攻擊，卻被山明的桌球棍刀阻攔！

「為什麼……為什麼會這樣……」山明說：「牠真的是自清嗎？」

「還要跟我打桌球嗎？」自清抹去嘴角的血水。

是自清的聲音，山明已經不能不相信！

「按鈕在牠身體內！我要把它取出來破壞它！」月側說：「妳聯絡其他人！」

愛玲明白月側的意思，分頭行事，她立即離開，同時向著對講機說話！

「雨彤！快醒來！快！」

……

…

.

體育館休息室。

雨彤的房間就在兩姊妹的旁邊。

她一直也有跟愛玲用對講機聊天，不過，睡覺的時候，她會把聲音調到最細。

「雨彤！快醒來！快！」

雨彤還在甜夢之中，她根本沒辦法聽到。

「雨彤！雨彤！」

她好像想醒來，卻又再次睡回去，聲音調得太細，她根本沒辦法聽到！

……

…

.

同一時間。

映霜卻夢醒了。

她在夢中正好吃著糖果，醒來後，她也很想吃糖果。

映雪也被她弄醒，她搓搓眼睛。

「妹妹，怎樣了？」她問：「爸爸呢。」

「爸爸可能去找山明哥哥聊天。」映霜樣子鬼馬地說：「我想吃糖果！」

「不行啊！爸爸說擦了牙後不能吃糖果！」映雪說。

「現在爸爸不在呢。」映霜在自己的小背包中拿出糖果罐。

映雪想了一想：「對！爸爸不會知道我們吃糖！」

她們兩個小不點互望奸笑。

「我要吃青蘋果味，加魔法！」映雪說。

「好吧，就給妳！」映霜倒出糖果。

不過她們發現了一個奇怪的東西，上面有數字在倒數。

「這是什麼東西？」映霜說。

「59……58……57……」映雪看著數字說：「是不是爸爸送給我們的禮物？」

她們並不知道，這就是自清放在糖果罐裡的微型炸彈！

……

…

．

時間只餘下不夠一分鐘。

自清沒有跟月側硬碰，除了牠知道自己沒法打得贏他外，牠想在這個遊戲中勝出！只要兩姊妹被炸死，牠已經算是贏了這個遊戲！

看著月側痛苦，就是勝出遊戲！

「來捉我吧，𠹭𠹭！」

自清躲入了麥當勞，月側跟隨著牠！

「別逃！」

月側心急如焚，失去了日央以後，他再不能失去兩個女兒！

時間一點一滴流失……

還餘下最後……三十秒！

FINAL CHAPTER 05 爹爹 DADDY

「快起來！雨彤！快起來！」

「怎樣了……」

睡眼惺忪的雨彤終於聽到了愛玲的聲音，她拿起了對講機。

「愛玲現在幾點了……明天才跟妳聊……」

「有炸彈！」愛玲大叫。

「炸彈……應該很好吃……」雨彤再想了一想才驚醒：「炸彈？！什麼炸彈？！」

「兩姊妹的糖果罐內！快去把它掉出窗外！」愛玲心急地說。

雨彤完全不知道發生什麼事：「為什麼會有炸彈？」

「快去！之後再跟妳解釋！」

聽到愛玲緊張的語氣，雨彤知道她不是在說笑，她立即下床！

倒數還餘下十五秒！

……

…

.

太和麥當勞屋頂。

自清與月側來到了屋頂，自清沒有再逃走，牠想到了一個計劃，所以決定正面面對月側！

牠的手刀揮向月側，月側用手臂格擋！

最後十秒！

月側轉守為攻，目標就只有自清身體內的按鈕！

月側把自清的另一隻手臂也斬斷！彩色發光的液體纏著自清，讓牠沒法再逃走！

自清掙扎，卻沒法擺脫糾纏！

最後五秒！

月側一手貫穿了自清的身體！

他在自清身體尋找被吞下的按鈕！

按鈕就在心臟旁邊的位置！

月側有兩個選擇……

一**是破壞按鈕**！二**是破壞心臟**！

破壞牠的心臟，自清未必會死去，但牠再不能戰鬥，一切都會結束！

最後三秒！

……

：

．

映雪映霜的房間內。

她們兩姊妹看著微型炸彈上顯示著「3」字，同一時間，雨彤趕到！

兩姊妹看著雨彤，雨彤衝向了她們！

「2」。

「快掉了手上的東西！」雨彤大叫。

映雪映霜不明白她在說什麼，只是呆呆地看著她。

「**1**」。

一秒鐘有多長？

對於一百米賽跑比賽，一秒鐘是非常長的時間；對於人類的壽命來說，一秒只是微不足道。

而對於月側與兩個女兒來說，就是生與死、失去與生存的……一**瞬間**。

「1」。

「1」。

「1」。

「1」。

「1」。

在映霜手上的微型炸彈，停在「1」字之上！

這代表了月側……**成功破壞了按鈕！**

同一時間，她兩姊妹好像感應到什麼，一起看著太和邨的方向。

「爸爸……」

……

…

.

麥當勞屋頂。

月側就在最後半秒，在自清的體內找到了按鈕，一手把它弄碎！

炸彈立即失效！

月側的臉上出現了愉快的笑容。

同時，自清臉上也出現了笑容！

「如果……你是破壞我的心臟而不是按鈕，我不死也會變成殘廢，再沒辦法跟你戰鬥……」自清說：「可惜……」

自清的舌頭變成一把尖刀……

「嘰嘰嘰，最後你選擇了……拯救自己兩個女兒！」

自清的計劃，就是等月側破壞按鈕的一刻空檔……

把、**月**、**側**、**殺**、**死**！

牠不能讓月側看著兩個女兒死去，卻可以讓兩個女兒永遠失去爸爸！

血水就如慢動作一樣……

在半空中飄起……

除了血水，還有……

月側還在微笑的頭顱！

月側整個頭顱被自清的舌刀割斷！

「山……明……」

在月側的頭顱與身體分家之時，自清好像聽到月側在說山明的名字……

同一時間……

一把鋒利的軍刀，從自清的頭頂用力劈下！

是山明！他躲在自清背後！

他的眼淚與牠的血水，像在半空中互相糾纏……

自清的身體左右兩邊……

一**分為二！！！**

FINAL CHAPTER 06 爸爸 DADDY

原來是真的。

我在電影中看過，死前的一刻會回憶一生的畫面，原來……是真的。

由我認識日央、求婚、結婚，直至她懷孕，知道是雙胞胎，然後映雪映霜出生。

一個又一個感動的畫面出現在我的腦海之中。

我記得她們還未出生前，跟日央去買嬰兒用品、嬰兒床、嬰兒車等等，我們都要買兩份，店員總是會問我們。

「是雙胞胎嗎？」

我都會高興得像小孩子一樣大叫：「對！是孖女！兩個女！」

一生沒有大作為的我，從來沒有這麼自豪過，妳們就像上天賜給我的禮物。

在妳們剛出生時，我在妳們耳邊曾說過。

「對不起，世界上最愛妳們的男人，已經娶了妳媽媽。」

沒錯，世界上最愛妳們的人，就是我。

就算是你們未來的男朋友、未來的丈夫，也沒有一個男人比得上我更愛妳們。

妳們出生以後，媽媽不幸發生交通意外雙腳不能走路，但我們沒有因此而變得沮喪。

日央教會我堅強地面對人生，更讓我不想妳們這麼快走進現實的世界，我們都希望先讓妳們進入……童話的故事。

然後，我跟媽媽會教妳們堅強地面對未來，跟妳們一起從美好的童話故事，慢慢地走回可怕的現實世界。

可惜……現在已經不可能了。

爸爸媽媽要先行一步了。

妳們曾經問過我，妳們的名字是怎樣來的？

我跟妳們說，是在一本叫*《殺手世界》的小說中，其中一個角色幫妳們改的名字。

「妳的名字，是小說的人物替妳改的，是不是很浪漫？」

本來就只有「映雪」，但世事真的很奇妙，現在不只是一個女兒，而是……「兩個」。

那二女兒叫什麼名字呢？

我們想了很久。

很久。

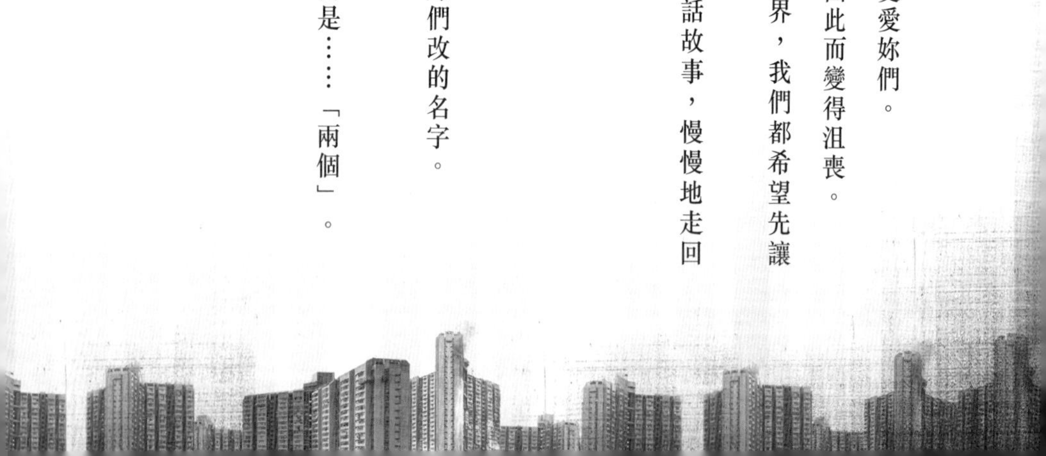

孖女，兩個女孩，就是……「雙」。

就這樣，我跟媽媽決定了妹妹的名字叫……「映霜」。

「餘映飄雪，明月如霜。」

爸爸是不是很有詩意？

我不會忘記裝嵌嬰兒床時，我反了來裝，最後又要重新裝嵌。

我不會忘記妳們出生時，聽到妳們的哭聲，我卻在笑，那份喜悅的心情。

我不會忘記替妳們換片時，妳們身體擺動的可愛動作。

我不會忘記妳們看著我打機，什麼都問我，最後害我GAME OVER。

我不會忘記跟妳們說總有一天會見到媽媽。

我不會忘記，最後，妳們逃過危險，而我再不能見妳們。

我和媽媽只跟妳們相處了四年，我們離開時，妳們才四歲，不知道妳們會不會忘記我呢？不過，有一點可以肯定的……

爸爸媽媽不會忘記妳們。

不會忘記我們兩個可愛又任性的女兒。

爸爸沒辦法親眼看著妳們兩個長大，不過，爸爸跟媽媽會在妳們身邊一直守護著妳們，就像妳們的「替身」一樣。

啦啦啦啦喇嘷啦喇啦……妳們很快又會升級了，會比爸爸媽媽更強大，然後面對現實世界中的怪物，好好地活下去。

我愛妳們。

我們愛妳們。

我最愛的兩姊妹……**映雪與映霜**。

＊「映雪」的名字，出自《殺手世界》小說，詳情請欣賞孤泣作品《殺手世界》第五部。

體育館房間內。

雨彤趕至兩姊妹的房間，映霜手上的東西停留在「1」字，沒有發生爆炸，這代表了他們成功了。

「爸爸。」

愛玲在對講機簡單的告訴雨彤發生了什麼事。

月側……離開了。

雨彤看著映雪映霜兩姊妹，她們牽著手，看著玻璃窗外太和邨的方向，好像感覺到什麼似的。

好像感覺到，爸爸已經到達了99級……不會再回來了。

她們的眼淚一起流下。

她們笑著流淚。

這是雨彤一生中看過最美麗的畫面。

她不知道兩姊妹是否真的感覺到月側已經離開人世，不過，雨彤可以肯定的是，為了拯救她們而犧牲自己的爸爸，是最愛她們的人，同時……

她們也是最愛爸爸。

看著她們兩姊妹的小背影，雨彤的眼淚……

也不禁流下。

一星期後。

「山明，這張給你。」雨彤把一張相片給我。

我看了一眼，心中有一份莫名的感動。

月側離開的那天，雨彤趕到兩姊妹的房間時，她們手中的微型炸彈沒有爆炸，然後雨彤拿出了手機，拍了一張相片。

相片中，是映雪映霜的背面，她們牽著對方的手，看著窗外的太和邨。

她們的爸爸犧牲了自己，拯救了她們。

兩姊妹只能在遠方，感受著爸爸最後的一份愛。

「這張相片如果參加比賽，一定會得獎。」我說。

「可惜，沒有人會知道相中的真正意思。」雨彤說。

沒錯，我們不能告訴別人，因為已經簽署了保密協議。

我們沒法告訴別人，曾經有一個父親，用上自己的生命保護自己的兩個女兒。

回憶起那天，我把自清斬殺，同時月側也被奪去了生命。

我在想，如果我當時早一點把自清殺死，就只需要早一秒，或者命運就會改寫。

也許，冥冥中早有主宰。

紫式部告訴我們，自清與周天富是真正釀成太和邨慘劇的元兇，而他們背後還有一個叫「上帝之源」的組織。

我對這組織完全沒有興趣，我只知道，整件事件……終於結束了。

我失去了一隻手臂，愛玲失去了張婆婆，兩姊妹失去了……

爸爸媽媽。

「山明、雨彤，快開始了。」愛玲走過來告訴我們。

「好，現在出發。」我微笑說。

今晚，我們為月側舉辦了一場簡單的喪禮，我是致詞人。

在場的有我、愛玲、雨彤、消水、大兵、德明，還有映雪與映霜。

兩姊妹知道爸爸已經去找媽媽，當然是不捨得，不過，她們兩個都比我們任何一個成年人更堅強，她們還說總有一天到達99級，就可以再見到爸爸媽媽。

我沒有準備太多的致詞內容，只是隨心說出我跟月側相識的故事，還有告訴大家，他是一位好先生、好前輩、好爸爸，還有……

好隊長。

喪禮不是太傷感，因為我們知道月側不想兩姊妹難過，同時，我們也繼承了他所說的「童話故事」。

月側沒有死去，只是成為了兩姊妹的「替身」……

一直在她們的背後守護著。

FINAL CHAPTER 08 DADDY 爸爸

喪禮最後，兩姊妹把水果糖分給在場的每一個人。

她們說這是最後的糖果，從此以後，她們再不需要吃水果糖，因為她們有爸爸媽媽一直為她們補血、加魔法、加攻擊力等等。

很純真的想法，同時有一份淡淡的悲哀。

人總是要成長，總有一天，不會再愛吃小時候最愛吃的糖果，她們在四歲已經學會成長了。

「斧頭佬你不能咬啊，要慢慢品嚐！」映霜說。

「知道！隊長！」消水笑說。

月側離開後，她們成為了我們的隊長。

「吃多兩顆，你臉上的傷痕會很快好！」映雪對著大兵說。

「我已經好多了，妳們的糖果真的很有效！」大兵笑說。

「德明老師也吃吧。」映霜把糖果交給德明。

「好吧，為了答謝妳們，以後有甚麼不懂的功課就來找我吧！」德明說。

「老師真掃興！在吃糖果就別說功課吧！」雨彤笑說。

我們都一起笑了。

明明是傷感的喪禮，因為有她們兩姊妹，我們臉上都掛上了笑容。

月側，你說的沒錯，她們真的是最強的……**心靈治療師**。

她們把最後兩顆糖分給我跟愛玲，我們一起把糖果吃下。

「山明，我已經決定了。」愛玲跟我說。

「我也決定了。」

我們對望微笑。

曾經月側跟我們說「謝謝你們照顧我兩個女」。

沒錯，我跟愛玲已經決定了，會好好照顧她們兩個，成為她們的代任父母，雖然我們年紀還少，不過，我們已經決定成為她們背後的支柱。

日央、月側，你們在天有靈，就讓我們兩個……

好好照顧她們吧。

……

…

.

三星期後。

我們已經在體育館住了一個月，今天我們終於可以離開了。

高志孝跟我們說，太和邨現場已經清理好，我也不知道他們用什麼方法，不過，他說未來日子不再需要封鎖太和邨。

這代表他們已經把太和邨和地下水道的怪體和怪種全部殺死。

當然，他們已經準備好面對傳媒與大眾的一套說法，不會有怪體，也不會有怪種，只是邨內的傳染病，讓居民死亡。

而最初蔡紫雲在醫院咬噬醫生的短片，他們都會製造成只是一些電影特技效果片段的流出事件。

紫式部也跟我們說，已經掌握了「上帝之源」的情報，而且所有病毒資料也不會外洩，同時，也燒毀了病毒的研發器材。

他們在太和邨上空，用了整整三星期，散播破解病毒的疫苗氣體，在太和邨內每處地方，甚至地下水道，也進行了殺菌與消毒。

她相信已經完全瓦解了製造病毒的方法與病毒的傳播。

什麼組織、什麼團體，其實我們一點也不關心，經歷過這次的太和邨事件，我跟其他人也有同樣的一個想法，就是……

平平淡淡地生活下去。

不想再跟這件事扯上任何關係。

當然，我們都記得恐怖的怪體、恐懼、死亡，在太和邨發生的種種回憶，我們都不可能忘記，依然會一直纏繞著我們。

不過，我們就如映雪映霜一樣，就當是一場……遊戲吧。

一**次童話故事的經歷**。

我們這些大人，會好好去學習她們兩個小孩的想法。

對，為什麼最後我同意了保密協議？

因為紫式部答應了我們，用盡任何方法，也要把山治治好。她說怪體已經沒辦法變回人類，但怪種卻有一定的把握。

山治、大勇、欣琴，紫式部會處理好他們的變異情況，而且不會採用非人道的方法，而我們也可以隨時監察，跟他們溝通與聯絡。

大勇與欣琴已經同意了他們的建議，而且他們也答應會好好為清哲安葬，不會利用他的遺體進行實驗。

離開前，他們把我們的手機歸還給我們，我們的手機裡有關太和邨的內容全部被刪除，當然，還有大兵軍服上的微型攝錄機所拍攝的片段也被刪除，這也很正常。

我跟大家走出了大埔體育館，一起看著遠處的太和邨。

太和邨事件……終於結束。

太和邨歷險記，終於完結了。

全太和邨12座，6,913個單位，18,439名居民，生還人數……

．．．

32人。

後篇　十八年後

18 YEARS LATER

後篇 十八年後 18 YEARS LATER 01

十八年前的太和邨事件轟動全球，無數媒體、群眾與人道組織炮轟各國政府為首的生化研究組織，讓一萬八千多人死於致命病毒。

對於此事件，組織表明如果當時沒有封鎖太和邨，病毒會擴散全球，人類的死亡數字將會高於冠狀病毒的七百萬人。

在一片質疑與反對聲音之中，卻有人認為封鎖全個太和邨是正確的做法。現在的死亡率，只不過是全港人口七百萬中的0.257142857%，他們認為已經把死亡率控制在最低。

而在所有的公開內容之中，怪體與怪種絕口不提，幸存下來的32位居民被傳媒不斷追訪，不過，沒有一個人說出真相，只是說出他們被組織安排好的內容。

當年，那間製造投射式影像的虛擬實境公司，同年在納斯達克證券交易所上市，成為了事件背後最大的得益者。

有人說他們發死人財，也有人說是跨時代的科技，怎樣也好，這正正是紫式部他們最想把視線轉移的方向。

傳媒用了一年多的時間討論太和邨事件，卻在一年後……再沒有什麼人提起。

當時正好在世界各地發生了多宗恐怖襲擊，死亡人數遠超一萬八千人，就這樣，太和邨事件漸漸淡化，然後被人淡忘。

直至十八年後。

日本東京，一個網上新聞節目的直播室內。

兩姊妹說完了她們的故事，女記者呆呆地看著她們，不敢相信她們所說的內容。

的確，又有誰會相信，這胡扯的故事？

良久，女記者終於再次發問。

「當時，全部人都要簽署保密協議，那為什麼妳們現在可以分享這個在香港太和邨發生的故事？」女記者問。

她們對望了一眼，微笑。

「當年我們只有四歲，根本不用簽什麼保密協議。」映雪笑說：「又有誰會相信，兩個只有四歲的女孩說話？」

「當然，現在大家也可以當是小說故事，也可以不相信的。」映霜接著說：「但對於我們來說，都是真實的故事。」

兩個不同的版本。

傳媒報道，十八年前，太和邨發生了可怕的病毒事件，病毒會讓人產生自殺傾向、幻覺、發燒、嘔吐，傳染性很強，死亡率也很高。

而另一個版本，就是她們兩姊妹所說的。

出現怪物，他們一行人努力對抗不同的怪體，她們的母親成了「替身」守護著她們，她們的父親變成了「怪種」犧牲自己換回兩姊妹的生命。

哪一個故事更真實？

哪一個故事才是……真實發生過？

女記者知道再說下去，恐怕會越來越混亂，她決定結束訪問。

「妳們有什麼說話想跟父母說？」女記者問。

她們想了一想，映雪微笑說。

「雖然我們只跟你們生活了四年，你們離開時我們才只有四歲，不過……」映雪看著映霜點點頭：「不過，我們沒有忘記你們，我們知道爸爸媽媽還是一直在我們身後……守護著我們。」

映霜拿出了一樣東西，是停產已久的佐久間水果糖糖罐，糖果罐依然保存得很好。

「謝謝你們讓我們成為最重要的角色，讓我們樂觀的面對人生，謝謝你們讓我們成為童話故事裡的……」映雪停頓了一會：「魔法治療師。」

兩姊妹再次對望，微笑了。

後篇 18 YEARS LATER 02

直播節目結束，是該網台收看人數最多的一集，有大量的觀眾收看，大家也用「獵奇」的心態去看待她們所說的故事。

當然，漂亮的兩姊妹也是其中一個賣點。

節目完成後，她們走出了廣播大樓，有一個男人已經在門外等待著她們。

天空，還在下雪。

一個左手換成了機械手臂的男人。

「爸爸！」映霜大叫著。

「妳們兩個真的是……」他微笑著無奈地搖頭：「怎麼全都說出來了？」

「怕什麼？」映雪給他單單眼：「根本就沒有人會相信，不是嗎？山明大叔，嘻。」

這個男人就是鳥山明，十八年後已經變老了，不過更有男人味。

他兌現了月側的承諾，一直照顧著兩姊妹。

「你們要聊到什麼時候？不怕冷嗎？」車上一個女人說。

「原來媽媽也來了！」映霜立即跳上汽車。

她是愛玲，十八年來，她跟山明陪伴兩姊妹長大，雖然他們不是兩姊妹的真正爸爸媽媽，不過映雪映霜已經當他們是自己的父母。

在太和邨事件後，因為愛玲經常要到日本集訓，最後他們搬到了日本居住。

「妳看！」映雪給愛玲看手機的新聞：「刀疤美人張愛玲，代表香港奪得三屆奧運射箭冠軍，打敗了韓國選手壟斷的局面，今年她宣布退役。」

愛玲拿過手機看，圖片是一張她年輕時的相片。

愛玲終於達成了自己的目標，而且更是超額完成，她得到的獎牌，就放在小時候跟張婆婆的合照旁邊。

「年輕真讓人懷念呢。」愛玲看著自己的相片。

「懷念什麼？妳現在一樣年輕！」映雪說。

她們三個女生一起笑了。

汽車自動駕駛回到他們開辦的溫泉旅館，今天有特別的客人到訪。

「其實她們公開太和邨的事件，會不會有問題？」愛玲問。

「放心吧，那個老女人一早知道了，她說『誰會相信？』！嘿！」山明扮著她的語氣。

他所說的老女人，就是紫式部，雖然她已經退休，不過還是組織內重要的人物。

「的確，不會有人相信的。」映雪看著車外的飄雪。

愛玲知道她正在想著月側與日央，她輕輕地抱著她們。

「只要妳們相信，我們相信，還有跟我們一起經歷的人相信，就已經足夠了。」愛玲說。

她們兩姊妹笑了，一起依靠在愛玲的肩膊。

沒錯，每個人都有屬於自己的故事，我們根本不需要別人相信真偽與認同，只要跟自己一起經歷過的人相信，就好了。

很快，他們回到溫泉旅館，一個熟人已經在門前等待著他們。

「怎麼主人家會不在家的？」他說。

「斧頭佬叔叔！」映雪擁抱著他：「我很想你啊！」

今晚特別的客人，就是消水，每年這個時間他也會來這裡探望他們一家。

消水雖然已經退休，不過他在太和邨事件過後，繼續做消防隊長，他在火場中拯救的人不計其數，他跟仁偉一樣，兌現了救人的理念與承諾。

「她才不是想你，她是想你兒子！」映霜奸笑。

「消火嗎？他在飯廳等你們了！哈哈！」消水高興地說。

當年消水真的介紹了自己的兒子方消火給映雪，最後他們走在一起了。

消火是一個很有幹勁的年青人，從小已經深愛著映雪，他們可以說是青梅竹馬，而且多年來對映雪很好。

消水看著映雪的背影苦笑：「老朋友，我的兒子沒介紹錯吧，嘿。」

山明把手搭在他的膊頭上，他當然知道他所說的「老朋友」，就是月側吧。

他們一起看著映雪的背影笑了。

後篇 18 YEARS LATER 03

旅館飯廳內。

「我們回來了！」

「你們真晚，大家都等你們吃飯啊！」一個女人說。

「雨彤！」映雪走過去擁抱著她。

「妳們兩姊妹愈來愈漂亮了！」雨彤摸摸她臉蛋：「跟我們學校的女孩子一樣滑啊！」

雨彤在太和邨事件後繼續工作，後來開辦了一間幼稚園，她還是幼稚園的音樂老師。

「雨彤妳也沒有變呢！」映雪說。

「我就變多了。」另一個人說。

他是德明老師，事件後他沒有再當老師，反而成為了無國界醫生，到世界各地落後地方，幫助有需要的人。

「德明叔叔你皮膚黑多了！」映霜說。

「我上星期才在埃塞俄比亞回來。」德明說。

「德明叔叔看來你比很多年輕人更健康呢。」映雪拍拍他的肩膊。

「我被人冷落了。」坐在一旁的男人說。

「才沒有呢！」映霜禮貌地吻在他的臉上：「大兵叔叔！」

映雪牽著消火的手也走到他身邊吻他：「誰冷落你也不會是我們兩姊妹吧！」

「口甜舌滑。」大兵苦笑。

大兵在事件後成為了世界特殊部隊的指揮，直至現在還未退下來，繼續執行打擊恐怖分子的任務。

當然，目標還有「上帝之源」這組織。

「人到齊了嗎？很快有得吃了！」一個男生從廚房走出來。

「炒蛋？」映霜走到他身邊。

「當然有。」

「太好了！」她吻在他的臉上。

男生眉心有一個交叉型的疤痕。

如果要說映雪與消火是青梅竹馬，他們這一對更是識於微時，而且四歲時已經共渡患難。

這個男生就是……小黑。

他用了十年時間，終於把體內的病毒清除，變回正常的人類。在這段時間，映霜每天都跟他聯絡，直至小黑變回真正的人類。

小黑很感激她，而且深深愛上這個當初沒有當自己是怪體的女生，而且還煮飯給他吃。從前是映霜煮飯給他吃，現在，小黑已經成為了一位廚師，每天都煮飯給映霜吃。

他們都坐下來，滿桌都是美食，等待他們大快朵頤，當然，不會少了聖誕節火雞。

為什麼他們每年也聚在一起？

因為今天是聖誕節，每一年的聖誕節他們都會一起悼念十八年前離開了的人。

當然，還有二十歲才離開的小白。

「我們為他們，乾杯！」山明舉起了酒杯。

「乾杯！」

「對，大勇與欣琴有聯絡我，他們現在於特殊應急部隊工作。」大兵說：「他叫我向大家問好。」

「希望下年可以見到他們！」愛玲說。

「放心吧，他們有時間一定會來的。」大兵說。

「雪，其實妳今天在節目所說的，我不是不相信妳們，不過……」英俊的消火看著大家：「真的是難以置信！」

「我從來沒跟我兒子說過太和郇的事！哈哈！」消水說：「他是第一次聽到！」

在場的人一起看著消火，然後笑了。

「親愛的，你就當是一個小說故事來聽吧。」映雪替他倒酒：「一個我們集體的童話故事。」

「你們的童話故事真不錯，哈。」消火看著小黑：「山治，真想看看你變成怪物的樣子！」

「你會很失望，因為我那時的樣子比你更英俊。」小黑微笑看著映霜：「不然這個妹妹怎會愛上我？」

「黑色的史萊姆。」映霜想了一想：「不，是黑色Minions中的Kevin！」

小黑對著她笑了。

在場的人也一起笑了。

已經過了十八年，他們從來沒有忘記當天的人與事。

是一場痛苦的經歷，不過，什麼事都總會過去的，當時只有四歲的映雪與映霜教會了他們全部人，樂觀去面對。

這也是月側與日央最想看到她們的成長與未來。

晚飯過後，映雪映霜來到露台，吃著飯後甜品，一起看著遠遠的富士山。

「霜，老實說，妳還記得爸爸媽媽的樣子嗎？」映雪吐出了白煙。

「妳呢，家姐？」映霜反問。

然後她們對望一起搖搖頭傻笑。

「雖然我們也不太記起他們的樣子，不過，他們給我們的感覺，一年比一年強烈呢。」映雪說。

「對，他們就像真的一直守護在我們身後一樣。」映霜說。

她們沒有再說話，一起看著富士山的雪景。

她們心中，同時出現了一句說話。

「爸爸媽媽，我們現在很幸福。」

「謝謝您們給我們的……愛。」

然後，她們的眼淚一起流下來了。

笑著，流淚。

2042年，屯門友愛邨。

愛德樓天台。

一男人走上了封鎖的天台，他的行為非常怪異，口中一直在說：「我很痛苦！我很想死！」

他的瞳孔放大到看不到眼白，身體不斷在抖震。

他慢慢地走到石壆旁邊……

然後，從二十六樓高的天台……跳下去！

似曾相識的畫面，非常類似的情況……

故事已經完結？

還是現在才……**正**、**式**、**開**、**始**？

第二部　完

後記

寫完這部小說，是我在她們出生之前的十二天。

今晚，全文校對完成，兩姊妹還有最後一天就出世了。

我希望在她們出世之前完成，還好，來得及。

我已經出版了九十多本書籍，這個故事的結局是我寫得最感動的一次，可能是因為我把自己代入了月側的角色，不，也許……月側的一部份，就是我。

或者更正確的說，月側就是代表了世界上所有的「父親」。

深愛著兒女的父親。

月側一家一點都不富有，卻是世界上最幸福的家庭。

幸福是一種感覺，也可以是一種回憶，我自己最記得小時候幸福的感覺，都不是什麼大事，都是跟家人的一些小確幸。長大後我才明白，原來，只是這麼簡單，就能夠得到快樂。

《太和邨》故事有兩個版本，一個是傳媒報道的，而另一個是兩姊妹所說的，你又會相信哪一個版本？

就如故事中所說，別人相不相信也不重要，最重要是信任的人相信，就如我們每一個人的故事一樣，或者你的故事不能流芳百世，但至少，你深愛的人跟你一起經歷過，他們相信就好了。

在這個亂世之中，我們需要童話故事，不只是小朋友，成年人也需要，這樣我們才可以面對這個可怕的世界。

可能你不是住在太和邨，也希望你們喜歡這一個「童話故事」。

各位爸爸媽媽，又或是未來的爸爸媽媽，希望你跟你的孩子也有一個屬於你們的童話故事。

不知道呢，她們長大後會不會看這部小說，也許未來日子香港已經再沒有人寫小說，不過，也希望她們會感受到親人帶給她們的愛。

映雪與映霜

爸爸愛妳們。

孤泣字
4/4/2024

LWOAVIE RAY TEAM

孤泣特別鳴謝小說團隊

由出版第一本書開始，只得我一人。直至現在，已經擁有一個孤泣小說的小小團隊。謝謝一直幫忙的朋友。從來，世界上衡量的單位也會用金錢來掛勾，但在這個「孤泣小說團隊」中，讓我發現，別人為自己無條件的付出。而當中推動的力量就只有四個大字——

「我支持你」

很感動！在此，就讓我來介紹一直默默地在我背後支持的團隊成員。

APP PRODUCTION

JASON

傳說中的 Jason 是以戇直、純真、傻勁加上一點點的熱血配製而成。為了達成為一個小小的夢想，忍痛放棄一份外人以為穩定的工作，毅然投身自由創作人的行列。希望可以創作屬於自己的 iOS App、繪本、魔術書、氣球玩藝書、攝影手冊、攝影集、IT工具書等。

歡迎大家來www.jasonworkshop.com參觀哦！

EDITING

曦雪 WINNIFRED

愛幻想、愛看書、愛笑愛叫的怪小孩，平時所有愛做的都不會做。喜歡寫作卻不會寫，說是因為懂寫不懂作。

現實中的化妝師，見證多少有情人終成眷屬。喜歡美麗的事物，自成一角的審美態度：「美，可以是看不到、觸不到，卻能感受得到。」機緣巧合，成為孤泣的文字化妝師。

RONALD

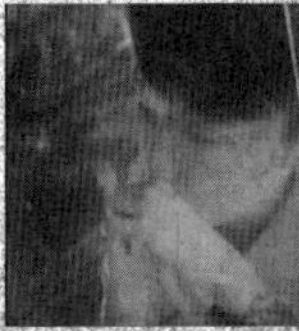

學藝未精小伙子，竟卻有幸擔任孤泣小說的校對工作。可說是人生一大幸運的事。

首喬

卞之琳這樣說：「你站在橋上看風景，看風景人在樓上看你。明月裝飾了你的窗子，你裝飾了別人的夢。」能夠裝飾別人的夢，是錦上添花。

I only have one person. Until now, I already have a small team of solitary novels. Thank you for your help. In the

MULTIMEDIA

GRAPHIC DESIGN

阿鋒

平面設計師，孤泣愛好者。由讀者搖身一變成為團隊成員之一，期望以自己的能力助孤泣一臂之力。

RICKY

平面設計師，兜了一圈，原地做夢！感激孤泣賞識同時多謝工作室團隊，這團火燒到了我。創作人，路是難行但並不孤單。

阿祖

喜歡電影、漫畫、小說、創作，希望替孤泣塑造一個更立體的世界。

ILLUSTRATION

13

不善於用文字去表達心情，但喜歡以圖畫畫出一片天空，這片天空是無限大，同時存在了無限個可能。多謝孤泣給我機會發揮我自己，而孤泣的小說，是我的優質食糧。

LEGAL ADVISER

X律師

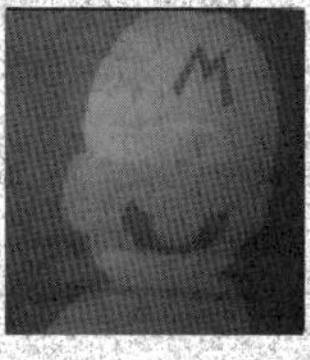

當孤泣問我如何殺人不坐監、未來人受不受法律約束時，我決定成為他的顧問，律師費請匯入我戶口，哈哈。

PROPAGANDA

孤迷會_OFFICIAL

www.facebook.com/lwoavieclub

IG: LWOAVIECLUB

大和邨

TAI WO ESTATE 02

孤泣作品

編輯／校對 ： 首喬

設　　計 ： @rickyleungdesign

出　　版 ： 孤泣工作室有限公司
荃灣德士古道 212 號 ,W212,20/F,5 室

發　　行 ： 一代匯集
旺角塘尾道 64 號 , 龍駒企業大廈 ,10 樓 , B&D 室

承　　印 ： 美雅印刷製本有限公司
觀塘榮業街 6 號 , 海濱工業大廈 ,4 字樓 , A 室

出版日期 ： 2024 年 7 月

國際書碼 ： 978-988-75831-5-8

孤出版　HKD $118